Andreas Cordes

Jakob, Tilda & die Kopfpiraten

Mit Illustrationen von Jan Birck

Woow Books

1. Auflage 2019

Originalausgabe

Umschlag und Illustrationen: Jan Birck
Layout und Satz: Herr K | Jan Kermes, Leipzig
Druck und Bindung: FINIDR, s. r. o., Tschechische Republik
ISBN 978-3-96177-042-7

www.woow-books.de
www.instagram.com / woowbooks_verlag

KAPITEL 1

So leicht würde er Graubart ganz bestimmt nicht davonkommen lassen, dachte Käpt'n Jakobson, während er im Bug der *Bartholomäus* stand und durch sein Fernrohr beobachtete, wie die *Klabautermann* davonfuhr. Sein Schiff war kleiner und auf den ersten Blick weniger imposant als das des Feindes. Dafür war es schnittiger und lag somit deutlich besser im Wasser.

Der junge Kapitän war kaum größer als ein Pulverfass, und doch hatte das Schicksal ein Piratenleben für ihn vorgesehen. Vor einer gefühlten Ewigkeit war er ein ganz normaler Junge gewesen, der sich nichts aus Freibeuterei gemacht hatte. Aber an diese Zeit wollte er schon gar nicht mehr zurückdenken. Jetzt gab es für ihn nur noch die Ostsee, sein Schiff und seine Crew.

»Kurs halten, Bonny!«, befahl Käpt'n Jakobson. Er drehte sich zu der Steuerfrau um, die das alte Segelschiff verbissen auf Verfolgungskurs hielt.

»Aye, Käpt'n!«, antwortete Bonny. Auf ihrer Schulter saß Störtie, ein Amazonenpapagei mit limonengrünen Fe-

dern, und schaute nicht weniger verbissen drein. Schließlich ging es hier um Leben und Tod ihres Smutjes Smut, der sich an Bord der *Klabautermann* in Gefangenschaft befand.

Zugegeben, Smut war nicht ganz unschuldig an seiner Entführung, denn der Schiffskoch hatte den – mit einem goldenen Schneidezahn geschmückten – Mund mal wieder gehörig zu voll genommen. Großspurig hatte er vor Graubart, dem gefürchteten Käpt'n der *Klabautermann*, behauptet, er wisse, wo sich ein kolossaler, prächtiger, unermesslich kostbarer Goldschatz befinde. Eine glatte Lüge, aber ungerechtfertigte Angeberei war schon immer eine seiner schlechtesten Angewohnheiten gewesen.

Nun lag Smut gefesselt und geknebelt an Bord der *Klabautermann* und war Graubart hilflos ausgeliefert. Der alte Seebär war auf der ganzen Ostsee für seine Grausamkeiten bekannt und näherte sich Smut mit einem Angst einflößenden »Klonk, klonk, klonk« seines aus Mahagoni geschnitzten Holzbeins.

»Raus mit der Sprache, sonst hast du deinen letzten Eintopf gekocht, Smutje!«, knurrte Graubart. Er zückte seinen Säbel und hielt ihn dem Schiffskoch dicht vors Auge – das einzige Auge, das Smut nach einem viele Jahre zurückliegenden Schwertfischangriff noch geblieben war.

Smut stieß ein verzweifeltes »Mhm-mh-mh-mmmh-mh!« aus, was ohne Knebel wohl als »Ich weiß nicht, wo die verfluchte Schatzkammer ist!« aus seinem Mund gekommen wäre.

»Pah! Zum Seeteufel mit dir«, knurrte Graubart. Er wollte gerade zustoßen, als er plötzlich von einem Papagei angegriffen wurde. Wie wild geworden flog Störtie dem grimmigen Piraten um den Kopf. Der schlug daraufhin so sehr um sich, dass er das Gleichgewicht verlor und auf die Planken seines Schiffes krachte.

Smut konnte sich ein hämisches »Mhm-mh-mh!« (»Das hast du nun davon!«) nicht verkneifen.

Doch da hatte sich Graubart, rasend vor Wut, auch schon wieder aufgerichtet. Er wusste genau, zu wem der lästige Papagei gehörte! Ein Blick über die Schulter bestätigte dem fiesen Piratenkapitän seine Vermutung: Die *Klabautermann* wurde verfolgt. Und die Verfolger steuerten in hohem Tempo direkt auf sein Schiff zu!

An Bord der *Bartholomäus* schob Käpt'n Jakobson das Fernrohr zusammen und ließ es in seiner Westentasche verschwinden. Sie waren Graubarts Schiff inzwischen so nahe gekommen, dass er mit bloßem Auge erkennen konnte, in welch misslicher Lage sich sein Schiffskoch befand.

»Noch etwas dichter, Bonny!«, rief Käpt'n Jakobson.

Da sah er an Bord der *Klabautermann* plötzlich Funken sprühen. »In Deckung!«, schrie der Käpt'n und duckte sich.

Bonny ließ ihren Kopf blitzschnell hinter dem Steuerrad verschwinden, sodass nur noch ihre Hände und Haare hervorlugten. Ihre langen Rastazöpfe wurden von einem roten Kopftuch aus Samt zusammengehalten.

Die Kanonenkugel, die Graubart wenige Sekunden später mit einem lauten Knall abfeuerte, verfehlte ihr Ziel glücklicherweise deutlich und ging mehrere Meter neben der *Bartholomäus* ins Wasser.

»Netter Versuch, Graubart!« Käpt'n Jakobson zog seinen Säbel. »Zurück auf den Schießstand mit dir!« Dann griff er nach dem Seil, das zwischen dem Bugspriet in der Spitze und dem Großmast gespannt war, und stieg auf die Reling.

Bonny hatte die *Bartholomäus* mittlerweile so nah an die *Klabautermann* heranmanövriert, dass die beiden Schiffe keine zehn Meter mehr trennten. So brausten sie gefährlich dicht nebeneinander über die Ostsee, die schwarzen Segel prall mit Wind gefüllt.

»Hat dich der Wahnsinn gepackt?«, rief Graubart und stürzte an sein Steuer, um einen Zusammenstoß zu verhindern.

Aber Käpt'n Jakobson hatte keine Angst, sondern war fest entschlossen, Graubarts Schiff bei voller Fahrt zu kapern. »Dichter!«, befahl er seiner Steuerfrau erneut. Er stand noch immer auf der Reling und war bereit, den riskanten Sprung an Bord der *Klabautermann* zu wagen. Jetzt rückte er seinen Dreispitz zurecht, nahm all seinen Mut zusammen, atmete einmal tief durch und …

»Jakob Olschewski!«, dröhnte es in diesem Augenblick durch ein Megafon. »Sofort wenden!«

Käpt'n Jakobson drehte sich enttäuscht um und sah Hafenmeister Hinnerk Hinnerksen, den alten Spielverderber, auf seinem Motorboot herantuckern. Und plötzlich war der junge Freibeuter wieder Jakob und sein Schiff kein altes Piratenschiff mehr, sondern eine kleine Segeljolle, die durchs Hafenbecken fuhr. Die *Klabautermann* hieß eigentlich *Jutta II* und war ein heruntergekommener Fischkutter, an dessen Deck zwar ein graubärtiger, aber ganz und gar harmloser Kutterkapitän stand, der niemanden gefangen hielt. Der Kutterkapitän war über Jakobs Anfeindungen höchstens ein bisschen ins Stirnrunzeln geraten. Im Übrigen hätte er auch gar keinen Smutje kidnappen können, da es in Wirklichkeit gar keinen Smutje zum Kidnappen gab. Genauso wenig wie eine Steuerfrau namens Bonny und einen Papagei, der Luftangriffe flog.

Die gab es nur in Jakobs Kopf.

KAPITEL 2

Ohne seinen Dreispitz auf dem Kopf ging Jakob nicht aus dem Haus. Nicht in die Schule. Nicht ins Freibad. Und schon gar nicht zum Segeltraining. Eigentlich legte er ihn bloß zum Schlafen ab, weil es sich damit nicht so gut ins Kopfkissen kuscheln ließ. Er hatte den Dreispitz, der ihm bestimmt ein oder zwei Nummern zu groß war, von seinem Vater geschenkt bekommen. Und das allein war Grund genug, ihn nicht abzunehmen.

Jakob trug den Dreispitz auch jetzt, als er von Hinnerk Hinnerksen nach Hause gebracht wurde. Sie liefen nebeneinander durch eine friedlich-beschauliche Siedlung aus Einfamilienhäusern.

»Segeln außerhalb der Trainingszeiten, Störung des Fischereibetriebes, Waffenbesitz«, zählte der Hafenmeister Jakobs Vergehen auf.

»Der ist aus Plastik!«, sagte Jakob und schwang den Spielzeugsäbel, den er bei sich trug.

Es war nicht das erste Mal, dass Hinnerksen ihn beim heimlichen Segeln erwischt hatte. Aber in der Segelschule konnte er immer nur dienstags und freitags aufs Wasser gehen – deutlich zu wenig für einen Piraten wie Jakob!

»Die Ostsee ist doch kein Planschbecken«, sagte Hinnerksen und schüttelte den Kopf. »Immer so 'n dumm Tüch! Das kann bös' enden, Jung'.« Der Hafenmeister sprach aus Erfahrung. Mit zehn Jahren war er beim unerlaubten Tauchen mit seiner Hand in einer Schiffsschraube gelandet. »Mit der Hand in die Schiffsschraube. Da war ich so lütt wie du jetzt und hab auch nur mal gucken wollen.« Er hielt Jakob die Handprothese, die er am linken Arm trug, mahnend vors Gesicht.

Jakob stöhnte. Wie oft er diese Geschichte schon gehört hatte! Was Bonny jetzt wohl sagen würde?

»Spielt er wieder die Prothesenkarte?«, fragte Bonny, die – mit Störtie auf der Schulter – im selben Moment neben Jakob auftauchte und Hinnerksen misstrauisch musterte. Der Hafenmeister war der Piratin schon immer ein Dorn im Auge gewesen. Wenn für Piraten eines nicht galt, dann Regeln – und von denen hatte Hinnerksen wirklich mehr als genug auf Lager. Der ganze Hafen war gepflastert mit albernen Warn- und Verbotsschildern: *Das Füttern von Lamas ist strengstens untersagt! Spontane Tanzveranstaltungen nur in Absprache! Fischbrötchen sind keine Wurfgeschosse!*

Da gesellte sich auch Schiffskoch Smut zu ihnen. Er war gerade damit beschäftigt, sich von seinen Fesseln und dem Knebel zu befreien.

»Warum muss eigentlich immer *ich* entführt werden? Warum nicht mal Bonny?«, fragte er in seiner typisch grummeligen Art, nachdem er den Knebel aus dem Mund genommen hatte.

»Weil niemand so schön wimmern und flehen kann wie du!« Bonny grinste den Schiffskoch an.

Störtie nickte zustimmend mit dem Kopf, und auch Jakob pflichtete der Steuerfrau bei: »Du bist eben ein super Opfer!«

»Was bin ich?«, fragte Hinnerksen empört.

»Nicht du, Hinnerk«, sagte Jakob und erinnerte sich daran, dass außer ihm niemand die beiden Piraten sehen und hören konnte.

Er öffnete ein hölzernes Gartentor, das sie in den Vorgarten seines Zuhauses führte. Dort stand eine alte Kastanie, die an heißen Sommertagen Schatten spendete. In ihre Krone hatte Jakobs Vater vor ein paar Jahren ein Baumhaus gebaut, das an den Bug eines Schiffes erinnerte und das Jakob nun als Rückzugsort und Piratennest diente. Hier galten nur seine Regeln. Hier hatte nur er Zutritt. Und Bonny, Smut und Störtie natürlich.

»Ich werde nie wieder alleine raussegeln«, machte Jakob dem Hafenmeister weis. »Piratenehrenwort!«

»Seit wann kann man sich auf das Wort eines Piraten verlassen?«, fragte Hinnerksen.

»Es gibt auch gute Piraten«, sagte Jakob.

»Aber selbst gute Piraten müssen sich an Regeln halten. Sonst landen sie am Galgen.« Hinnerksen beugte sich zu Jakob hinunter. »Knick. Knack. Genickbruch!«

Jakob, Bonny und Smut schauten den Hafenmeister erschrocken an.

»So redet man doch unter Piraten, oder?« Hinnerksen läutete an der Tür des Wohnhauses.

Jakob wusste, dass seine Mutter mit seinen Piratenabenteuern ganz und gar nicht einverstanden war. Er war schon vier Mal ohne Aufsicht mit seiner Segeljolle aufs Wasser gegangen. Genauer gesagt, hatte Hinnerksen ihn vier Mal dabei erwischt. Wie oft Jakob tatsächlich auf eigene Faust die Leinen losgemacht hatte, sollte seine Mutter besser nicht erfahren. Sie machte sich ohnehin schon genug Sorgen um ihn.

Letzte Woche hatte die Schulleitung bei Jakobs Mutter angerufen, weil er sich wieder einmal geweigert hatte, seinen Dreispitz im Sportunterricht abzusetzen.

»Schweig, Sprotte, sonst schick ich dich über die Planke!«, hatte Jakob seiner Sportlehrerin gedroht – und später zu seiner Verteidigung gesagt, das sei Bonnys Idee gewesen.

Das war natürlich Quatsch, jedenfalls in den Augen seiner Mutter. Bonnys Ideen waren ja immer auch Jakobs Ideen, weil es die Piratin nur in seiner Fantasie gab.

Das wiederum war in Jakobs Augen Quatsch. Denn Bonny, Smut und Störtie gab es schließlich auch noch woanders – nämlich in einem Buch!

* * *

Der Sturm dachte noch lange nicht daran, sich zu verziehen. Im Gegenteil: Die hungrigen Wellen, die er mit sich brachte, schlugen höher und höher. Eisiger Regen peitschte dem jungen Käpt'n Jakobson ins Gesicht. Er stand im Heck seiner *Bartholomäus* und beobachtete, wie das Schiff seines größten Widersachers in der Ferne unterging.

Der Dreiäugige Däne hat es nicht anders verdient, dachte Käpt'n Jakobson, als er den finsteren Piratenkapitän zwischen den Wellen auf einem Stück Holz davontreiben sah. Und doch war dem jungen Seefahrer nicht nach Schadenfreude zumute.

Bonny kletterte eilig den Großmast der *Bartholomäus* hinauf, um die Segel zu reffen. Es blieb der Mannschaft jetzt nichts anderes übrig, als zu hoffen, dass es Wind und Wellen gut mit ihnen meinten.

Smut versuchte vergeblich …

»Kannst du das Buch bitte weglegen?«, fragte Jakobs Mutter, die ihm am Tisch gegenübersaß und ihn auffordernd anschaute. »Wenigstens beim Essen?«

Jakob verdrehte die Augen und klappte das Buch zu. Eigentlich handelte es sich eher um einen zusammengehefteten Blätterhaufen. Auf der Titelseite stand groß *Ahoi,*

ahoi! und darunter in kleineren Buchstaben *Im Auge des Sturms*. Es war eine Piratengeschichte, in der Bonny, Smut und Störtie vorkamen. Und die Hauptfigur der Geschichte hieß Käpt'n Jakobson, was kein Zufall war.

Lustlos stocherte Jakob in seinen Fischstäbchen herum.

»Meinst du nicht, wir sollten über deine Noten reden?«, fragte seine Mutter und deutete auf das Zeugnis, das vor ihnen auf dem Esstisch lag.

Jakob drückte sich eine große Portion Ketchup über die Fischstäbchen. Alles hätte er in diesem Moment lieber gemacht, als über sein Zeugnis zu reden. Mit der Schule wollte er sich frühestens wieder beschäftigen, wenn die Sommerferien vorbei waren – also in sechs Wochen.

»Die Vier in Mathe«, begann seine Mutter, »war letztes Jahr doch noch eine Zwei.«

Plötzlich tauchte Smut hinter ihrem Rücken auf. »Eine Vier?«, fragte er. »Zum Dublonenzählen reicht das locker!«

Jakob warf Smut einen kurzen, verstohlenen Blick zu. Dann spießte er ein Fischstäbchen auf seine Gabel und biss zu.

»Ich weiß ja, dass momentan alles nicht so leicht für dich ist, aber meinst du nicht, wir sollten nach den Ferien mal über Nachhilfeunterricht nachdenken?«, fragte Jakobs Mutter.

Da tauchte auch Bonny wieder auf: »Nachhilfe? Höchstens in Meuterei und Säbelkunde.«

Jakob musste lachen. Mit vollem Mund wiederholte er die Worte der Piratin: »Höchstens in Meuterei und Säbelkunde.«

In diesem Moment wurde Jakobs Mutter klar: Sie waren nicht mehr alleine. »Jakob«, sagte sie. »Wir hatten doch eine Abmachung. Keine Piraten beim Mittagessen.«

»Genau.« Bonny grinste. »Die schmecken nach Salzwasser und Fischkadavern. Kaum Vitamine, dafür aber hochprozentig.«

»Ja, Katrin«, sagte Jakob, ohne aufzublicken.

Er wusste, dass er seiner Mutter wehtat, wenn er sie beim Vornamen und nicht »Mama« nannte, aber so ließen sich Gespräche über unangenehme Dinge eben schnell beenden. Und es lief sowieso jeder Streit auf dasselbe hinaus: Seine Mutter war der Meinung, dass die Piraten verschwinden müssten. Und das sah Jakob völlig anders.

KAPITEL 3

Jakob hatte sich in sein Baumhaus zurückgezogen und saß im Schneidersitz auf dem Boden. Von der Decke hing ein alter, rostiger Vogelkäfig, und neben ihm lag ein Stapel mit verschiedenen Büchern aus der *Ahoi, ahoi!*-Reihe. Jakob nahm sich aber keines der Bücher vor, sondern griff nach den zusammengehefteten Blättern, in denen er schon beim Mittagessen gelesen hatte, und schlug die letzte Seite auf:

Smut versuchte vergeblich, die erbeuteten Dublonen wieder einzusammeln, die wie Murmeln über die nassen Planken des Decks kullerten.

»Klar zur Wende!«, befahl nun der Käpt'n, der ein Rettungsmanöver starten wollte. Er konnte nicht länger mit ansehen, wie die Mannschaft des Dreiäugigen Dänen - unter ihnen harmlose Zimmermänner und junge Pulveraffen - hilflos in der See ertrinken würde.

Bevor jemand seinem Befehl folgen konnte,

wurde die *Bartholomäus* allerdings von einer riesigen Welle erfasst, die den Käpt'n und seinen Smutje von den Füßen riss, sodass sie auf die Planken fielen. Auch Bonny verlor den Halt und hing jetzt hilflos in den Seilen der Segel. Inzwischen war es der Sturm, der ihren Kurs vorgab.

Aber kampflos hatte sich der Käpt'n, trotz seines jungen Alters, noch keinem Gegner ergeben - und er würde es auch heute nicht tun. Entschlossen richtete er sich wieder auf, rückte seinen Dreispitz gerade und rief aus vollen Lungen: »So wird diese Geschichte nicht enden!«

Doch das stimmte nicht. Denn an dieser Stelle endete die Geschichte tatsächlich, obwohl es so nicht beabsichtigt gewesen war.

Traurig ließ Jakob das Manuskript in seinen Schoß sinken. Er würde nie erfahren, wie *Im Auge des Sturms* ausging.

Klack. Klock.

»Stront!«

Klack. Klock. Klack.

»Stront!«

Verwundert horchte Jakob auf und lugte durch das kleine Fenster aus dem Baumhaus hinaus. Vor dem Haus auf der gegenüberliegenden Straßenseite stand ein Umzugswagen, aus dem ein Mann und eine Frau ein knallrotes, ledernes Sofa ausluden.

»Neue Siedler«, bemerkte Smut, der nun neben Jakob

aufgetaucht war und mit ihm aus dem Fenster sah. »Offensichtlich ohne Einrichtungsgeschmack.«

Da fiel Jakobs Blick auf ein Mädchen in grellbunten Klamotten, das ungefähr in seinem Alter sein musste, also zehn. Das Mädchen spielte Pingpong mit der Hauswand, wobei ihr der Ball immer wieder auf den Boden fiel.

Klack. Klock.

»Stront!«, rief sie und bückte sich nach dem Ball. Dass die Hauswand ein überlegener Gegner war, schien ihr nichts auszumachen.

Klack.

»Stront!«

»Stront?«, fragte Jakob und drehte den Kopf zu Bonny, die jetzt auch im Baumhaus stand.

»Vielleicht ein Fachbegriff aus dem Tischtennis?«, vermutete die Piratin mit einem Achselzucken und wandte sich Störtie zu, der wie so oft auf ihrer Schulter saß. »Weißt du's vielleicht?«

Doch Störtie rülpste nur laut, denn sprechen konnte der Papagei nicht: »Bööörp.«

Wer genau ihm die unappetitliche Angewohnheit beigebracht hatte, wusste niemand. Frauchen Bonny wollte die Schuld jedenfalls nicht auf sich nehmen, dabei stieß sie gerne dröhnende Bäuerchen aus. Oder wie Smut zu sagen pflegte: »Seeungebäuerchen«.

»Prost!«, sagte Bonny und kraulte Störtie den Kopf, der sich mit einem zufriedenen Krächzen bedankte.

»Stront!«, hörte man erneut von draußen. Und Jakob, der weder wissen konnte, dass seine neue Nachbarin Niederländisch sprach, noch, dass »Stront!« auf Niederländisch so viel wie »Kacke!« hieß, schaute wieder zum Fenster hinaus.

Genau in diesem Moment sah das Mädchen von gegenüber zu ihm hoch, und für zwei Sekunden kreuzten sich die Blicke der beiden. Das Mädchen lächelte freundlich und setzte zum Winken an – doch da war Jakob schon blitzschnell in Deckung gegangen.

»Hat sie *uns* zugewunken?«, fragte er die beiden Piraten.

»Sie hat bestimmt nur nervöse Zuckungen«, meinte Smut beruhigend.

Doch im selben Moment folgte ein lautes »Hé!« von der anderen Straßenseite.

Jakob bekam einen Schreck.

»Hé!«, rief das Mädchen noch einmal.

»Keinen Mucks! Niemand bewegt sich«, flüsterte Jakob seinen Piratenfreunden entschlossen zu.

Nachdem von drüben nichts mehr zu hören war, nahm Jakob sich ein *Ahoi, ahoi!*-Buch vom Stapel. Auf der letzten Seite war ein Foto des Autors zu sehen. Der Mann trug einen Dreispitz auf dem Kopf und lächelte. Unter dem Foto stand ein kurzer Text:

Martin Olschewski, geboren 1979 in Hamburg, studierte Deutsch und Kunst auf Lehramt. Bevor er anfing, Kinderbücher zu schreiben, war er als Lehrer an einer Lübecker Gesamtschule tätig. Er lebt mit seiner Frau und seinem Sohn an der Holsteiner Ostsee.

Jakob klappte das Buch wieder zu und schaute zu Bonny und Smut, die ihn mitfühlend anlächelten.

Jakob seufzte. »Hört das irgendwann auf, so wehzutun?«, fragte er leise.

Darauf konnten ihm Bonny und Smut leider keine Antwort geben.

KAPITEL 4

Das erste *Ahoi, ahoi!*-Buch, das Jakobs Vater vor einigen Jahren geschrieben hatte, trug den Untertitel *Ein guter Pirat*. Jakob hatte es unzählige Male gelesen, so sehr war er von der Geschichte des Waisenjungen Zacharias Jakobson, der zum Piraten Käpt'n Jakobson wird, fasziniert.

In *Ein guter Pirat* wächst der schüchterne, unscheinbare Zacharias im Mittelalter an der Ostsee auf. Eines Tages erhält er die Nachricht, dass er von seinem Großvater Quinn, den er nie kennengelernt hat, ein völlig heruntergekommenes Schiff geerbt hat – die *Bartholomäus*. An Bord findet er nicht nur eine mysteriöse Schatzkarte, sondern auch zwei waschechte Piraten, die das alte Schiff als Hausboot nutzen: Steuerfrau Bonny und Smutje Smut. Sie gehörten der Crew von Quinn an, über den Zacharias erfährt, dass er bis zu seinem Tod ein berüchtigter Piratenkapitän war. Gelangweilt vom tristen Leben im Waisenhaus, beschließt Zacharias, die *Bartholomäus* wieder seetüchtig zu machen und gemeinsam mit Bonny und Smut in See zu stechen.

Auf *Ein guter Pirat* folgten *Der Fluch der Freibeuter, Das verlorene Schiff, König der Piraten* und *Der Schatz der sieben Meere.* Und eigentlich auch ein sechstes Buch, *Im Auge des Sturms,* das Jakobs Vater aber nicht mehr zu Ende schreiben konnte. Darum fehlte das letzte Kapitel.

* * *

Jakob konnte sich genau an den Tag erinnern, an dem alles noch gut gewesen war: Er und sein Vater hatten gemeinsam in dessen unendlich unordentlichem, aber gerade deswegen so gemütlichem Arbeitszimmer gesessen und an *Im Auge des Sturms* gearbeitet.

»Was ruft Käpt'n Jakobson?«, fragte sein Vater und sah ihn gespannt an.

»Ähm ... Er ruft: ›So wird diese Geschichte nicht enden!‹«, sagte Jakob, woraufhin sein Vater sofort in die Tasten seiner alten Schreibmaschine haute. Er hatte seinen Sohn gerne beim Schreiben um sich, schließlich war der echte Jakob die Inspiration für den ausgedachten Käpt'n Jakobson gewesen. Manchmal waren Jakobs Ideen zwar ein bisschen zu wild, etwa, wenn er die Piraten gegen Zombies oder Cowboys kämpfen lassen wollte. Aber in der Regel kamen Jakob immer gute Ideen. Das Rülpsen von Störtie war einer seiner Einfälle gewesen. Ebenso wie das dritte, auf der Stirn eintätowierte Auge des Dreiäugigen Dänen, dem größten Widersacher der *Bartholomäus*-Crew.

»Wo nimmst du das bloß alles her?«, fragte Jakobs Vater und versuchte scherzhaft, seinem Sohn mit seinem alten Fernrohr in den Kopf zu schauen.

»Keine Ahnung, ich bin halt begabt«, antwortete Jakob grinsend und wollte ihm das Fernrohr entwenden.

Doch sein Vater sprang vom Stuhl auf und streckte das Fernrohr so weit in die Luft, dass Jakob nicht drankam.

»Einfach anderer Leute Fernrohre klauen«, sagte sein Vater. »Du bist ja tatsächlich ein Pirat!«

»Und was für einer!«, rief Jakob und hüpfte, so hoch er nur konnte, um an das Fernrohr zu gelangen. »Irgendwann will ich auch mal einen Schatz suchen, Papa. Ich will mit dir auf Schatzsuche gehen, so wie Käpt'n Jakobson und Bonny und Smut. Meinst du, hier sind noch irgendwo alte Piratenschätze vergraben?«

Die Antwort seines Vaters hatte für Jakob damals überhaupt keinen Sinn ergeben: »Die wertvollsten Schätze muss man nicht suchen, die finden von ganz allein ihren Weg zu dir.«

Und auch heute wusste Jakob noch immer nicht, was sein Vater damit gemeint hatte. Schätze, die von alleine zu einem kamen? So ein Quatsch! Schätze waren zum Suchen da!

Aber mit seinem Vater konnte er nun keine Schätze mehr suchen. Denn am Abend dieses Tages, während sie zum Sonnenuntergang gemeinsam am Meer saßen, hatte er Jakob erzählt, dass er sehr krank war.

* * *

Am Morgen des ersten Ferientages kamen Jakob, Bonny und Smut gähnend aus dem ersten Stock die Treppen nach unten. Störtie flatterte ihnen voraus. Jakobs Mutter war nirgends zu sehen. Verschlafen warf Jakob erst einen kurzen Blick ins Wohnzimmer, dann in die Küche.

»Mama?«, fragte er.

Seine Mutter arbeitete als Krankenschwester, und Jakob überlegte, ob sie heute vielleicht Frühschicht hatte. Aber das hätte sie ihm doch bestimmt gesagt?

»Sturmfrei?«, riefen Bonny und Smut aufgeregt im Chor.

Doch dann waren plötzlich Geräusche aus dem ehemaligen Arbeitszimmer von Jakobs Vater zu hören.

»Was hat sie da drin zu suchen?«, wollte Smut misstrauisch wissen und griff vorsichtshalber schon mal nach seinem Säbel.

»Nichts«, antwortete Jakob entschlossen und stieß die Tür zum Arbeitszimmer auf. Dort war seine Mutter gerade damit beschäftigt, das alte Fernrohr seines Vaters in einer großen Pappkiste verschwinden zu lassen.

»Was tust du da?«, fragte Jakob, auch wenn er die Antwort eigentlich längst kannte. Seine Mutter mistete aus. Sie hatte schon länger angekündigt, aus dem Arbeitszimmer ein Gästezimmer machen zu wollen. Für den Fall, dass Besuch vorbeikam.

»Ach, Jakob, ich dachte es wäre an der Zeit, hier etwas Platz zu schaffen.«

Bonny ballte die Fäuste. »Ich geb dir gleich hart backbord! Dann ist Platz, wo vorher deine Zähne waren!«, fauchte sie und ging einen drohenden Schritt auf Jakobs Mutter zu.

»Das hast du nicht alleine zu entscheiden!«, rief Jakob. »Ich will, dass hier alles so bleibt, wie es ist!«

»Jakob, ich bin doch genauso traurig wie du. Aber ich glaube, es tut uns ganz gut, etwas aufzuräumen.«

»Nein!« Jakob griff nach der Pappkiste und begann, sie aus dem Zimmer zu ziehen. Er wollte die Sachen, die darin waren, um jeden Preis retten. Zu seiner Überraschung war die Kiste um einiges schwerer, als er gedacht hatte. Schlappmachen stand natürlich trotzdem nicht zur Debatte.

»Jakob«, sagte seine Mutter, »sei doch bitte nicht albern.«

»Ich bin nicht albern.« Schnaufend bog Jakob mit der Kiste auf den Flur ab.

Bonny und Smut sahen hilflos zu.

»Fasst doch mal mit an«, bat Jakob seine Freunde, bevor ihm wieder einfiel, dass sie ihm körperlich ja gar nicht helfen konnten. Und dass er Bonny und Smut in Anwesenheit seiner Mutter sowieso lieber nicht erwähnen sollte.

* * *

Es war einfach noch nicht genug Zeit vergangen, dachte Jakob. Sein Vater war erst seit dem letzten Herbst nicht mehr bei ihnen. Außer Atem und mit Schweißperlen auf der Stirn saß Jakob in seinem Baumhaus und betrachtete die Pappkiste, die er mit Müh und Not und größter Kraftanstrengung irgendwie dort hinaufgehievt bekommen hatte.

Bonny und Smut hatten es sich neben ihm bequem gemacht, während Störtie auf der Schaukel in seinem Vogelkäfig hin- und herschwang und fröhlich rülpste: »Bööörp. Bööörp. Bööörp.«

»Worauf wartest du?«, fragte Bonny neugierig. »Auspacken!«

Jakob stand auf, griff in die Kiste und zog als Erstes eine kleine Smut-Figur heraus, die ein Spielzeughersteller auf den Markt gebracht hatte, nachdem *Ein guter Pirat* ein großer Erfolg geworden war. Wenn man ihr auf den Bauch drückte, stieß die Figur ein wütendes »Beim Neptun!« aus.

»Beim Neptun!«, sagte Smut erschrocken, begutachtete seine Miniaturausgabe und schüttelte unzufrieden den Kopf. »Total unrealistisch. Viel zu dick.«

Bonny lachte über Smuts Eitelkeit. Dann beobachtete sie Jakob, der jetzt einige alte Piratenzeichnungen anschaute, die ebenfalls in der Kiste gelegen hatten.

»Da!«, rief Bonny und zeigte auf eine der Zeichnungen, auf der Käpt'n Jakobson, Bonny, Smut und Störtie in einer dunklen Höhle zu sehen waren. »Wisst ihr noch? Das war auf der Insel der Tausend Knochen.«

»Was waren wir da jung«, seufzte Smut.

»Du warst mal jung?«, fragte Bonny mit einem Augenzwinkern.

»Jung und unbarmherzig«, sagte Smut stolz.

Bonny grinste. »An dem Tag hatte ich wohl frei.«

»Leute!«, rief Jakob und zog eine zusammengelegte Piratenflagge aus der Kiste. »Die können wir richtig gut gebrauchen.«

Als Jakob die Flagge ausbreitete, flog plötzlich ein gefaltetes Blatt Papier heraus und segelte in Zeitlupe zu Boden. Die Blicke der Piraten folgten dem Flugobjekt gespannt.

Jakob hob das Papier auf und entfaltete es. Er bekam große Augen, als er laut vorlas, was darauf in der Handschrift seines Vaters geschrieben stand:

Von der Zeit vergessen, so liegt er vergraben.
Ist nicht einfach zu finden, lasst es Euch sagen.
Versteckt und verborgen an einem geheimen Platz.
Willst Du ihn finden, den verlorenen Schatz?

Such dort, wo Seemänner zu Hause sind.
Und auch, wo altes Feuer glimmt.
Wo Wellen um unsichtbare Ufer rauschen.
Und Menschen Seinen Worten lauschen.

Das Ende naht, es geht um viel.
Finde die Zeichen und komm ans Ziel.

»Ein Schatzrätsel!«, rief Smut.

Und Bonny fügte begeistert hinzu: »Dein Vater hat dir einen Schatz vergraben, Käpt'n.«

»Ist das wirklich wahr?« In Jakobs Magen kribbelte es vor Aufregung.

»Das Ende naht«, nuschelte Smut in seinen Bart hinein. »Hmm ...« Er sah Bonny vielsagend an.

»Meinst du wirklich?«, fragte Bonny.

»Was denn?«, wollte Jakob ungeduldig wissen.

»Ich glaube«, begann Smut, »dein Vater hat dir nicht nur irgendeinen Schatz vergraben, Jakob. Der Schatz ist das letzte Kapitel aus *Im Auge des Sturms*.«

»Das Ende naht«, wiederholte nun auch Jakob aufgeregt. »Das Ende des Buches ... Die letzten Seiten.«

Smut hatte Freudentränen in den Augen und umarmte die Steuerfrau. »Wenn wir den Schatz finden, dann wissen wir endlich, wie es mit uns ausgeht, Kameraden.«

Bonny freute sich genauso, auch wenn sie von Smuts Umarmung etwas überrascht war. Der brummige Seebär war schließlich nicht gerade fürs Kuscheln bekannt. »Immer mit der Ruhe, Smuti. Noch ist der Schatz nicht gefunden.«

»Aber bald«, sagte Jakob leise.

Wieder und wieder las er die handgeschriebenen Zeilen und konnte sein Glück kaum fassen. Von einem Wunder, das seinen Vater zurückgebracht hätte, einmal abgesehen, war das Finden eines Schatzrätsels das Beste, was ihm hätte passieren können. Da war es: das Abenteuer, auf das er die ganze Zeit gewartet hatte. Und es war nicht mal ein ausgedachtes, sondern ein echtes Abenteuer!

KAPITEL 5

Die Julisonne stand hoch am Himmel und brannte der Crew der *Bartholomäus* ins Gesicht. Die See war ungewöhnlich ruhig. Zu ruhig, fand Käpt'n Jakobson. War es die Ruhe vor dem Sturm?

Immerhin hatte der junge Käpt'n so die Gelegenheit, das Schatzrätsel in seinen Händen ausgiebig zu studieren. Es war in einer Piratenflagge versteckt gewesen, wo nur ein gewiefter Pirat wie er es hatte entdecken können.

»Finde die Zeichen und komm ans Ziel«, murmelte der Käpt'n und wandte sich seiner Steuerfrau zu. »Welche Zeichen? Was hat das alles zu bedeuten?«

»Abenteuer! Das hat es zu bedeuten«, jubelte Bonny.

Und auch Störtie war Feder und Flamme: »Böööörp.«

»Da teht es doch warz auf weich«, mischte sich Smut ein, bevor er das energische Polieren seines goldenen Schneidezahns unterbrach. »Wir müssen vier Zeichen finden. Und zwar dort, wo Seemänner zu Hause sind, wo altes Feuer glimmt, wo Wellen um unsichtbare Ufer rauschen und wo Menschen Seinen Worten lauschen.«

»Und wie geht es dann weiter?«, fragte Käpt'n Jakobson.

»Abenteuer!«, rief Bonny erneut.

Wie auf Kommando zog plötzlich Wind auf und füllte die Segel der *Bartholomäus.*

»Auf eure Positionen, Piraten«, befahl Käpt'n Jakobson. Das Abenteuer sollte beginnen – und zwar jetzt! Wohin es ihn und seine Crew führen würde, das konnte der junge Freibeuter noch nicht sagen. Doch eines war klar wie Krabbensaft: Am Ende würden sie einen Schatz finden. Einen Schatz, wie ihn noch keine Piraten vor ihnen gefunden hatten. Einen Schatz, der sie reicher und mächtiger machen würde als alle Schätze, die jemals zuvor aus den sieben Weltmeeren gehoben worden waren.

»Wo Seemänner zu Hause sind …«, sagte Käpt'n Jakobson grübelnd.

»Auf dem Meer!«, rief Smut. »Das Zuhause eines Seemannes ist das Meer.«

Käpt'n Jakobson überlegte kurz, dann bekam er große Augen. »Wir müssen also aufs Meer hinaus?«

»Abenteuer!«, jauchzte Bonny.

Sehnsüchtig blickte Jakob auf die Ostsee. Plötzlich war er wieder in der Wirklichkeit und kein Piratenkapitän mehr, sondern ein ganz gewöhnlicher Junge beim Segeltraining. Aufs offene Meer hinaussegeln – das klang viel einfacher, als es war. Segelschüler durften das Hafenbecken nämlich unter keinen Umständen verlassen.

Vor ein paar Monaten war Jakob aus Versehen (als ob!) zu dicht an den Rand des Hafenbeckens gefahren und musste sich daraufhin einen zweistündigen Vortrag von Hafenmeister Hinnerksen über die Gefahren der Ostsee anhören. Bonny und Smut, die Jakob dazu angestiftet hatten, aus Versehen (als ob!) so weit rauszufahren, hatten es gut: Sie waren nach ein paar Minuten einfach eingeschlafen – und niemanden hatte es interessiert. Unsichtbar wie die beiden Piraten müsste man sein!

Ans Unsichtbarsein war Bonny schon seit ihrer Kindheit gewöhnt. Im ersten Band der *Ahoi, ahoi!*-Reihe erfuhr man, dass die mutige Piratin in einer reichen hanseatischen Kaufmannsfamilie aufgewachsen war, der sie sich aber nie zugehörig gefühlt hatte. Ganz zum Unmut ihrer strengen Eltern, die sie bereits als junges Mädchen verstoßen hatten. So lernte Bonny, sich alleine durchs Leben zu schlagen, bis sie schließlich an Bord der *Bartholomäus* anheuerte. Dort fand sie in Käpt'n Quinn und Smut eine neue Familie. Eine Familie, bei der sie so rebellisch sein durfte, wie sie nun einmal war. Von Quinn lernte sie das Manövrieren und von Smut die Gerissenheit. Und später, als Käpt'n Jakobson die *Bartholomäus* von seinem verstorbenen Großvater geerbt hatte, war auch der junge Pirat ein Teil von Bonnys Familie geworden und andersherum.

Im wahren Leben – außerhalb der Buchseiten – war es genauso. Jakob wollte auf Bonny nicht mehr verzichten, so sehr hatte er sich an ihre Gesellschaft gewöhnt. Wer konnte schon von sich behaupten, eine tollkühne Piratin

als Freundin zu haben? Eine, die dem Landleben nichts abgewinnen konnte und das Glück lieber auf den Weiten des Ozeans suchte?

»Gutes Training, Käpt'n«, sagte Bonny lobend, während Jakob seine Jolle in Richtung des Stegs der Segelschule steuerte. »Wie du den Wind in der …«

Rums!

»He, pass doch auf!«

Jakob war vollkommen in Gedanken versunken gewesen und hatte die Jolle von Oskar gerammt, der mit ihm im Segelkurs war.

»Fährst du in den Ferien weg?«, fragte Oskar, nachdem sie sich von dem Schreck erholt hatten und nebeneinander in Richtung Steg segelten.

Jakob schüttelte den Kopf.

»Dann können wir ja vielleicht mal wieder etwas zusammen machen. Ins Freibad. Oder Bowling. Oder was anderes.« Oskar sah Jakob erwartungsvoll an.

»Ich …« Jakob überlegte, was er sagen sollte. Er war letzten Monat schon nicht zu Oskars Geburtstagsparty gegangen, weil die Einladung nur Jakob und nicht Bonny und Smut gegolten hatte. Die beiden hatten das als piratenfeindlich empfunden und ihn schließlich überredet, abzusagen.

»Ja … ich … fahre in den Urlaub«, stotterte Jakob.

»Und wohin?«

»Nach ...« Jakobs Blick wanderte zu seinen Piratenfreunden.

»Karibien!«, schlug Bonny vor.

»Bermudaviereck!«, meinte Smut.

»Bööörp!«, war Störties Beitrag.

»Äh ...« Jakob dachte an das Schatzrätsel in seinen Händen. »Nach Klein Schatzingen.«

»Wo ist das denn?«, wollte Oskar wissen.

»Bei Groß Schatzingen«, sagte Jakob, als wäre es das Selbstverständlichste der Welt. »Und wir ... wir stechen schon morgen in See!«

»Okay, dann eben nicht«, seufzte Oskar, »ich hab's versucht.«

Für einen kurzen Moment war Jakob traurig. Schließlich waren er und Oskar irgendwann mal so etwas wie Freunde gewesen. Bevor Bonny und Smut in sein Leben getreten waren. Doch seit dem Tod seines Vaters wollte Jakob mit echten Menschen so wenig wie möglich zu tun haben. Das hatte einen guten Grund: Echte Menschen konnten ihn verletzen. Und sie konnten ihn verlassen. Bonny und Smut hingegen würden nie von seiner Seite weichen. Das Problem war nur, dass echte Menschen wie seine Mutter oder Oskar weiterhin etwas mit ihm zu tun haben wollten. Daher verwandelte sich Jakob gern in einen frechen

Piraten, mit dem in der Regel niemand etwas anzufangen wusste.

»Alles richtig gemacht«, sagte Smut. »Wir brauchen ihn nicht.«

»Kein Bedarf an Landratten«, fügte Bonny hinzu und legte ihren Arm beschützend um Jakob.

Ihre Crew war bereits komplett.

KAPITEL 6

Als Jakob vom Segeltraining zurückkam und seinen Hausschlüssel im Schloss umdrehte, hörte er leise Stimmen von drinnen. Wahrscheinlich hatte seine Mutter eine Freundin zu Besuch. Ein Glück, dachte Jakob. So konnte er schnell in sein Zimmer verschwinden, denn nach dem Streit von heute Morgen hatte er gar keine Lust, mit ihr zu reden.

Doch als er gemeinsam mit Bonny und Smut über den Flur am Wohnzimmer vorbeilief, saß seine Mutter dort mit dem neuen Nachbarsmädchen am Esstisch. Jakob und die Piraten konnten ihren Augen kaum trauen.

»Hé«, sagte das Mädchen und lächelte Jakob freundlich an.

»Das ist Ma …«, erklärte Jakobs Mutter.

Doch Jakob war nicht nach einer Vorstellungsrunde zumute. Er machte auf dem Absatz kehrt und marschierte schnurstracks in die Küche. Bonny, Smut und Störtie folgten ihm.

Jakobs Mutter blickte ihren jungen Gast entschuldigend an und lief dann ebenfalls in die Küche.

»Jakob, du könntest wenigstens Hallo sagen! Ich habe Matilda von Gegenüber zum Mittagessen eingeladen. Sie ist neu in der Stadt.«

»Warum denn?«, fragte Jakob stirnrunzelnd. Er stand mit verschränkten Armen vor dem Kühlschrank.

»Ich dachte, dass ihr euch anfreunden könnt!«

Jakob, Bonny und Smut schüttelten gleichzeitig und entschlossen die Köpfe, und Störtie stieß ein empörtes »Bööörp« aus.

»Eine echte Gag-Granate, dein Mutterschiff!«, sagte Bonny.

»Ich will mich mit niemandem anfreunden«, sagte Jakob und blickte seine Mutter vorwurfsvoll an.

»Okay, aber du kannst ja trotzdem mit uns essen.«

Jakob überlegte kurz, schließlich hatte er einen Seebärenhunger. »Aber ich werde nicht mit ihr sprechen«, sagte er. »Die ist doch bestimmt total Banane!«

Seine Mutter schüttelte verzweifelt den Kopf, Bonny und Smut hingegen nickten Jakob wohlwollend zu. Dann kehrten sie alle an den Esstisch zurück.

»Meine Freunde nennen mich Tilda.« Das Mädchen hatte einen leicht ausländischen Akzent und grinste Jakob nun so breit an, dass man ihre feste Zahnspange dabei nicht übersehen konnte. »Und du bist Jakob? Ich hab schon viel von dir gehört.«

Jakob sagte gar nichts, sondern setzte sich an den Tisch und zog seinen Dreispitz tiefer ins Gesicht.

»Tilda kommt aus Eindhoven«, erklärte Jakobs Mutter, während sie den Kindern Spaghetti auf ihre Teller füllte. »Das ist in Holland.«

»Gibt es Parmesan?«, fragte Jakob.

Wortlos reichte seine Mutter ihm den Käse. »Dein Deutsch ist echt gut, Tilda«, lobte sie dann ihren Gast.

»Meine Mutter ist in Deutschland geboren«, sagte Tilda, »und in der Schule hatte ich es auch.«

»Dann fällt es dir sicher leicht, dich hier einzuleben«, sagte Jakobs Mutter. »Also, zumindest, was die Sprache angeht. Ansonsten ist es bestimmt schwierig, oder? Neues Zuhause, neue Freunde ...«

»Es ist okay«, sagte Tilda nicht sehr überzeugend. »Man gewöhnt sich daran. Wir ziehen nämlich öfters um. Immer, wenn mein Papa irgendwo einen neuen Job anfängt.«

»Was macht denn dein Papa?«, wollte Jakobs Mutter wissen.

»Ich weiß nicht so richtig.« Tilda schämte sich offensichtlich ein bisschen dafür, den Beruf ihres Vaters nicht genau zu kennen. »Irgendetwas mit Unternehmen und Software.«

Jakobs Mutter musste lachen. »Alles klar, mehr brauch ich nicht zu wissen.«

Tilda blickte wieder zu Jakob. »Und dein Papa? Was macht der?«

Jakob schob seinen Dreispitz noch tiefer ins Gesicht und antwortete nicht.

»Oh, das ist jetzt kein gutes Thema«, sagte Jakobs Mutter schnell. »Vielleicht ein anderes Mal, wenn ihr euch ein wenig besser kennengelernt habt.«

»Ich habe eine Idee«, sagte Jakob plötzlich und drehte sich zu Bonny und Smut, die es sich inzwischen auf zwei leeren Stühlen am Esstisch bequem gemacht hatten. »Ich weiß, wie wir aufs Meer hinauskommen.«

»Tatsächlich?«, fragte Smut und rieb sich freudig die Hände.

»Tatsächlich! Wir müssen nur ...«

»Jakob, keine Piraten beim Mittagessen!«, rief seine Mutter.

»Piraten?«, wunderte sich Tilda.

»Ja, Piraten. Jakob hat nämlich zwei unsichtbare Piratenfreunde, die mal wieder ungefragt mein Wohnzimmer bevölkern.«

»Das ist ja aufregend!«, sagte Tilda, die sich aber nicht ganz sicher war, was hier gerade passierte.

Jakob beschloss, dass es höchste Zeit war, sich wieder in einen frechen Piraten zu verwandeln: Er stopfte sich eine volle Gabel Spaghetti mit Tomatensoße in den

Mund, stieg auf den Tisch und zückte seinen Plastiksäbel.

Tilda schaute mit einer Mischung aus Erstaunen und Neugier zu.

»Ich bin der Rotbart der Abgründige!«, begann Jakob,

während ihm die Spaghetti bis zum Kinn hingen. »Kapitän der sieben Tomatensoßenmeere! Gefürchtet von Napoli bis Carbonara. Wer sich mir in den Weg stellt, wird zu Spaghetti gemacht und den Meeresfrüchten zum Fraß vorgeworfen.«

Bonny und Smut applaudierten.

»Genau! Zeig ihnen, wer hier das Kommando hat«, rief Smut.

»Ich glaube, du solltest jetzt besser gehen, Tilda«, sagte Jakobs Mutter kopfschüttelnd.

»Und nicht wiederkommen«, fügte Bonny hinzu.

»Kommt sie ganz bestimmt nicht.« Da war sich Smut sicher.

Tilda sah etwas enttäuscht aus. Trotzdem nickte sie zustimmend und deutete auf den vollen Spaghetti-Teller vor sich. »Kann ich das auch zum Mitnehmen haben?«

KAPITEL 7

Jakob saß alleine auf dem Boden seines Baumhauses. Er hatte die Arme um seine angewinkelten Beine geschlungen und den Kopf auf seine Knie gelegt. Hatte er eben etwas übertrieben? Ja, vielleicht. Aber was hätte er denn anderes tun sollen?

Plötzlich hörte er, wie seine Mutter die Leiter zum Baumhaus hochkletterte. Vermutlich würde es jetzt eine gewaltige Standpauke geben.

»Hey, Spatz«, begann sie dann aber ganz und gar nicht böse und setzte sich neben ihn. »Bist du allein?«

Jakob nickte. Bonny, Smut und Störtie waren im Moment tatsächlich nicht bei ihm.

»Wollen wir darüber reden, was heute Morgen und gerade beim Mittagessen passiert ist?«

Jakob schüttelte den Kopf.

»Für mich ist es auch nicht leicht«, sagte seine Mutter und streichelte ihm über den Rücken. »Manchmal denke ich, dass ich dich einfach in Ruhe lassen sollte. Dass es schon wieder wird. Dass du dich irgendwann nicht mehr nur mit Bonny und Smut unterhalten willst, sondern auch wieder mit mir. Oder mit deinen Freunden aus der Schule. Oder eben mit Tilda. Damit du nicht immer so allein bist.«

»Ich bin nicht allein!«, protestierte Jakob.

»Bonny und Smut zählen nicht, Spatz.«

»Nur, weil du sie nicht sehen kannst!«

»Ich fühle mich auch manchmal allein«, sagte seine Mutter. »Zum Beispiel, wenn ich zu Papa auf den Friedhof gehe. Da würde ich mir wünschen, dass du mal mitkommst.«

»Das ist aber nicht Papa«, begann Jakob. »Das ist nur Erde. Papa ist nicht mehr hier.«

»Aber ich bin doch hier.« Seine Mutter gab ihm einen Kuss auf den Kopf. »Ich muss jetzt ins Krankenhaus. Im Kühlschrank sind noch Spaghetti«, sagte sie, bevor sie sich auf den Weg aus dem Baumhaus machte.

Jakob schaute durch das kleine Fenster nach draußen und beobachtete, wie seine Mutter aufs Fahrrad stieg und davonfuhr. Warum verstand sie nur nicht, dass er schon die allerbesten Freunde hatte, die man sich nur wünschen konnte, und dass er niemand anderen als Bonny, Smut und Störtie brauchte?

Gedankenverloren blätterte er durch eines der *Ahoi, ahoi!*-Bücher, bis sein Blick an einem Bild hängen blieb. Es zeigte Bonny, die Käpt'n Jakobson fürsorglich den Arm um die Schultern legte.

Als Jakob aus dem Buch aufschaute, hatte sich die Steuerfrau zu ihm gesellt und tatsächlich den Arm um seine Schultern gelegt.

»Eines Tages wird es deine Mutter verstehen«, meinte sie.

Da kam Störtie ins Baumhaus geflogen und nahm auf Bonnys Schulter Platz. »Bööörp!«, krächzte er aufgeregt.

»Nein, natürlich haben wir die Schatzsuche nicht vergessen, Störtie!«, sagte Bonny entrüstet.

»Dann ist ja gut«, sagte Smut, der jetzt ebenfalls im Baumhaus stand. »Was ist der Plan? Wie kommen wir auf die Ostsee hinaus, um nach dem Schatz zu suchen?«

Entschlossen klappte Jakob sein Buch zu und warf erneut einen Blick aus dem kleinen Baumhausfenster, um den Sonnenstand zu prüfen. Die Piratenflagge, in der er das Schatzrätsel gefunden hatte, wehte, festgebunden an einem Ast, im Wind.

»Mit etwas Glück«, sagte Jakob, »können wir noch heute irgendwo einschiffen!«

* * *

»Wenn ich Gefühle hätte, dann wären sie jetzt verletzt«, raunte Smut beleidigt und deutete auf die Spaghetti, die Jakob sich in einer Plastikdose als Proviant eingepackt hatte. Schließlich war er ein echter Freibeuter-Koch. Früher hatte er als Tellerwäscher am Hof einer Adelsfamilie geschuftet. Doch nach ein paar Jahren Drecksarbeit hatte er sich zu Höherem berufen gefühlt und an Bord der *Bartholomäus* als Smutje angeheuert. Käpt'n Jakobsons Großvater, dem alten Seebären, hatte der mäßig begabte Tellerwäscher weisgemacht, ein großartiger Koch zu sein. Als die Mannschaft zum ersten Mal eine von Smuts versalzenen Mahlzeiten vorgesetzt bekommen hatte, war die *Bartholomäus* längst in See gestochen und ein Austausch ausgeschlossen gewesen. Außerdem hatte Käpt'n Jakobsons Großvater geahnt, dass in seinem Smutje andere Qualitäten von garstiger Natur steckten, die ihnen noch von Nutzen sein konnten. Doch auch wenn aus Smut über die Jahre ein passabler Pirat geworden war, als Koch brachte er noch immer den einen oder anderen Freibeuter zum Würgen.

»Wir können uns jetzt wirklich keine Lebensmittelvergiftung leisten, Kumpel«, erklärte Bonny und grinste Smut breit an.

Die beiden Piraten und Jakob liefen gerade schnurstracks die belebte Hafenpromenade entlang, und Störtie

flog ihnen nach. In ein paar Tagen sollten hier die Vorbereitungen für das alljährliche Hafenfest starten, auf das Jakob sich schon riesig freute. Zahlreiche sonnenverbrannte Touristen kamen ihnen entgegen, schleckten Eis oder aßen Fischbrötchen. Ein kleiner Rauhaardackel sprang Jakob aufgeregt um die Beine und bellte.

»Außerdem sind das keine Spaghetti«, sagte Jakob, »das ist Schiffszwieback.« Er war nun wieder Käpt'n Jakobson, der seinen Blick die Docks entlangschweifen ließ. Die Touristen verwandelten sich in betrunkene Seemänner, die gerade von Bord gegangen oder auf der Suche nach der nächsten Heuer waren. Und der kleine Dackel wurde zu einer dicken Schiffsratte.

»Eine Ratte«, warnte Smut.

Doch der furchtlose Käpt'n bückte sich sogar nach ihr und streichelte dem Tier das zerzauste Fell. »Die tut nichts«, sagte er und gab der Ratte ein Stück Zwieback.

»Da ist sie!«, rief Bonny plötzlich und zeigte auf die *Klabautermann*, auf der ihr Feind Graubart gerade dabei war, Leinen loszumachen.

»Schnell!«, befahl Käpt'n Jakobson und lief los.

Bonny und Smut rannten hinterher.

Als sie die *Klabautermann* erreicht hatten, sprang Käpt'n Jakobson mit einem Satz an Bord und versteckte sich hinter dem Großmast des alten Segelschiffes, ohne dass Graubart ihn entdeckte. Bonny und Smut sprangen hinterher, und Störtie landete auf der Schiffsreling.

»Wenn wir nicht selbst auf hohe See hinausfahren dürfen, dann muss es eben ein anderer für uns tun«, flüsterte der junge Käpt'n mit einem Grinsen. Vorsichtig lugte er aus seiner Deckung hervor und sah, wie sich Graubart hinter sein Steuerrad begab.

»Harr, harr!«, stieß Smut aus und bekam große Augen. »Wenn das nicht der beste Plan aller Gezeiten ist, dann weiß ich auch nicht. Ich kann unseren Schatz schon …«

»Hé!«, rief plötzlich jemand von Land – und Käpt'n Jakobson ahnte, dass sein Abenteuer gleich ein abruptes Ende nehmen würde.

KAPITEL 8

Und zack! Schon hatte Graubart den jungen Piraten am nicht vorhandenen Kragen seines T-Shirts gepackt und dicht zu sich herangezogen. »Was ist mir denn da ins Netz gegangen? An dir ist ja nichts dran.«

Im Handumdrehen war Käpt'n Jakobson wieder Jakob. Die Ratte war wieder ein Rauhaardackel. Die stinkenden Seemänner wieder sonnenverbrannte Touristen. Und die beiden Piraten und Störtie hatten sich sicherheitshalber in Luft aufgelöst.

»Entweder«, fuhr der graubärtige Kutterkapitän augenzwinkernd fort, »werfe ich dich zurück ins Meer. Oder ich nutze dich als Köder für dickere Fische.«

»Lass ihn los!«, rief nun Tilda, die an Land stand. Man sah ihr an, dass sie ein schlechtes Gewissen hatte, schließlich war der alte Fischer wegen ihres Rufens überhaupt erst auf Jakob aufmerksam geworden – auch wenn es nicht ihre Absicht gewesen war.

»Lass mich frei, Graubart, sonst schick ich dich zu den Haien. Wie alle Räuber, die sich mir in den Weg stellen!«

Jakob wollte sich der Realität noch nicht ganz geschlagen geben. Verzweifelt versuchte er, sich aus den Fängen seines Feindes zu befreien.

Der Kutterkapitän runzelte die Stirn. »Du warst wohl zu lange in der Sonne. Kinder heutzutage ... Los, geh lieber ein bisschen Computer spielen.« Und damit gab er Jakob einen kleinen Stoß, sodass er zurück an Land springen konnte.

Während sich der Kutterkapitän kopfschüttelnd wieder an die Arbeit machte, stapfte Jakob mit seinem Schatzrätsel in den Händen über die Hafenpromenade. Jetzt tauchten Bonny und Smut wieder neben ihm auf, und Störtie flog mit großen Flügelschlägen über sie hinweg.

»Warte doch mal!«, rief Tilda, die ihnen hinterherlief.

Aber Jakob dachte gar nicht daran. »Nur wegen dir hat Graubart uns erwischt, ist dir das klar?«, fragte er, ohne sich umzudrehen. »Was hast du hier überhaupt zu suchen?«

»Ich bin dir gefolgt«, erklärte Tilda.

»Du bist was?« Jetzt blieb Jakob doch stehen, drehte sich um und blickte Tilda mit großen Augen an. »Ich stecke gerade mitten in einer Schatzsuche, das ist nichts für Landratten. Alles klar, Matilda?«

»Meine Freunde nennen mich doch Tilda, schon vergessen?«, entgegnete Tilda mit einem Lächeln. »Und was für ein Schatz ist das?«

Mist, dachte Jakob sofort, und auch Bonny und Smut verzogen panisch die Gesichter. Die Katze war aus dem Seesack.

»Nein, ähm ... ein *Spatz*«, schob Jakob schnell hinterher, in der Hoffnung, Tilda würde sich damit zufriedengeben.

Doch da hatte sie ihm schon das Schatzrätsel aus der

Hand gerissen. »Zeig mal her«, sagte sie und begann zu lesen.

»Hey!«, rief Jakob und versuchte, es ihr wieder wegzunehmen. »Das ist Diebstahl, *Matilda.*«

»Und du willst ein echter Pirat sein?« Tilda wich ihm geschickt aus, sodass er das Rätsel nicht zu fassen bekam. »Piraten stehlen doch ständig.«

Jakob drehte sich Hilfe suchend zu Bonny und Smut um, die aber nur fassungslos die Köpfe schütteln konnten. So viel geballte Frechheit war ihnen bislang nicht untergekommen.

»Suchst du einen echten Schatz aus Gold und Edelsteinen?«, fragte Tilda und reichte Jakob den Rätselspruch zurück.

»Nein, etwas viel Besseres«, antwortete er. »Der Schatz ist das letzte Kapitel aus einem Buch.«

»Aha.« Tilda wirkte enttäuscht.

»Aus dem letzten *Ahoi, ahoi!*-Buch, das mein Vater …« Jakob kam ins Stocken. »Aus dem Buch, das mein Vater nicht mehr zu Ende schreiben konnte.«

»Ein Piratenbuch?«, fragte Tilda neugierig.

Jakob nickte.

»Ist dein Papa«, begann Tilda zaghaft, »gestorben?«

Jakob zögerte einen Moment, dann nickte er erneut.

»Das tut mir leid. Da musst du sehr traurig sein.«

Jakob antwortete nicht, der Kloß in seinem Hals war zu groß.

»Kann ich dir nicht beim Suchen helfen?«, fragte Tilda plötzlich.

Bonny und Smut schalteten sich sofort ein: »Jetzt lehnt sie sich eindeutig zu weit aus dem Bullauge«, sagte Smut.

Und auch Bonny verschränkte entschlossen die Arme vor der Brust. »Hält uns die Landratte für Backfische, oder was? Wir brauchen doch keine Hilfe.«

»Wir brauchen keine Hilfe, Matilda«, sagte Jakob. »Jedenfalls nicht von dir.«

»Hm … Ich glaube schon«, sagte Tilda selbstbewusst.

»Ähm … ich glaube nicht.«

»Doch, ziemlich sicher.«

»Nein, alles gut. Wir schaffen das allein.«

»Sprichst du von dir und deinen Kopfpiraten, die sonst keiner sehen kann?«, fragte Tilda neugierig.

»Erstens ist da auch noch ein Papagei …«, begann Jakob.

»Bööörp!«, rülpste Störtie dazwischen.

»Und zweitens«, fuhr Jakob fort, »bin ich nicht verrückt, alles klar?«

»Das sag ich doch gar nicht«, antwortete Tilda, »im Gegenteil!«

Jakob schaute sie verwundert an.

Und auch Smut wunderte sich. »Im Gegenteil? Na, ein

paar Schrauben sitzen bei unserem Käpt'n ja schon locker.«

»Und was habt ihr jetzt vor?«, fragte Tilda.

»Wir wollen aufs Meer hinaus.«

»Und warum?«

»Weil das im Rätsel steht«, antwortete Jakob.

»Wo steht das?«, fragte Tilda.

Jakob entfaltete das Schatzrätsel. *»Such dort, wo Seemänner zu Hause sind.«*

»Und das ist das Meer?«

Jakob nickte.

»Aber da sucht ihr doch ewig! Oder steht da auch, hinter welcher Welle ihr nachschauen sollt?« Tilda grinste so breit, dass ihre feste Zahnspange wieder zum Vorschein kam.

»Sehr witzig!«, sagte Jakob, aber er wurde hellhörig. Tilda hatte da einen interessanten Punkt angesprochen.

»Was wäre denn, wenn damit der Hafen gemeint ist? Zu dem kehrt ein Seemann ja immer wieder zurück, oder nicht? Das ist ja auch wie nach Hause kommen«, schlug Tilda vor.

Insgeheim musste Jakob zugeben, dass das tatsächlich Sinn machte. Aber darauf wären er und seine Piratenfreunde bestimmt auch noch von alleine gekommen. Brauchten sie deshalb Tildas Hilfe?

»Selbst ein blinder Fisch findet mal ein Krebstier«, sagte Smut.

Jakob stimmte ihm zu. »Trotzdem«, sagte er zu Tilda, »wir brauchen deine Hilfe nicht.«

»Aber vier Augen sehen mehr als zwei!«, entgegnete Tilda.

»Wir sind aber schon sechs Augen.«

Da zeigte Smut auf seine Augenklappe, und Jakob korrigierte sich: »Wir sind *fünfeinhalb* Augen, und wir schaffen das ohne dich.«

»Ich weiß nicht«, sagte Bonny zum Erstaunen von Jakob und Smut, »vielleicht kann sie uns ja doch helfen?«

»Sekunde«, sagte Jakob zu Tilda. Dann steckte er mit Bonny und Smut die Köpfe zusammen und begann zu tuscheln.

Tilda stand gespannt daneben. Der komische Junge mit den Piraten im Kopf und dem Dreispitz auf dem Kopf hatte ihre Neugier geweckt. Sie versuchte, unauffällig zu lauschen, bekam aber nur Fetzen von Jakobs Unterhaltung mit.

»Und wenn sie aber doch ... über die Planke ... kleine Landratte ... Zahnspange ... euch ernst nimmt ... Gesundheit, Störtie! ... Schatz ... Abstimmung!«

Schließlich drehte sich Jakob wieder zu Tilda um. »Es war knapp«, sagte er, »aber du darfst mitmachen!«

Hinter Jakobs Rücken verschränkte Smut, der bei der Abstimmung offensichtlich den Kürzeren gezogen hatte, wütend die Arme.

»Echt?«, fragte Tilda erfreut.

»Echt«, antwortete Jakob und bereute seine Entscheidung im gleichen Moment auch schon wieder. Er hatte plötzlich das Gefühl, dass diese Schatzsuche eine riesige Katastrophe werden würde.

KAPITEL 9

Tilda hatte den Teller mit dem geschmorten Kürbis und den Sojabratlingen mit voller Wucht gegen die Esszimmerwand geschmettert. Egal, wenn das jetzt einen Fleck hinterlässt, hatte sie gedacht. Sie zogen ja sowieso bald weg. Mal wieder. Ihre Eltern hatten sie mit einer Mischung aus Ärger und Verständnis angeschaut und nichts zu ihrer Verteidigung zu sagen gehabt außer: »Het is ook niet gemakkelijk voor ons.« Was übersetzt hieß: »Für uns ist es auch nicht leicht.«

Es war das vierte Mal gewesen, dass ihr Vater einen neuen Job angenommen hatte. Das vierte Mal, dass sie sämtliche Sachen in Kisten hatte verstauen müssen. Das vierte Mal, dass sie sich von all ihren Freunden hatte verabschieden müssen. Und dann sollte es auch noch ins Ausland gehen.

Nun war sie in Deutschland angekommen, an der Ostsee. Ausgerechnet am Meer, mit dem sie doch so wenig anfangen konnte.

Wenigstens hat es mit dem Freundefinden dieses Mal

nicht sehr lange gedauert, dachte Tilda zufrieden, als sie mit Jakob in ihre Straße einbog.

»Ach, eine Sache noch«, sagte Jakob. »Nur weil wir zusammen auf Schatzsuche gehen, sind wir noch lange keine Freunde. Wir sind Geschäftspartner, okay?«

»Okay«, sagte Tilda mit einem Stirnrunzeln und streckte ihm die Hand entgegen. »Dann eben Geschäftspartner.«

Jakob schüttelte ihre Hand und verschwand anschließend in seinem Vorgarten.

»Morgen fangen wir an und schauen uns im Hafen um!«, rief er Tilda noch zu, dann kletterte er die Leiter in sein Baumhaus hinauf.

Schade, dachte Tilda. Vielleicht hatte sie sich, was das Finden neuer Freunde anging, etwas zu früh gefreut. Aber immerhin hatte sie in Jakob einen Geschäftspartner gefunden. Einen Geschäftspartner mit Kopfpiraten. Das war ja auch irgendwie aufregend.

Sie überquerte die Straße und begrüßte ihren Vater, der gerade dabei war, das Namensschild am Briefkasten ihres neuen Zuhauses anzubringen.

»Pa, kun je wat piratenboeken voor me kopen?«, fragte Tilda. Was übersetzt hieß: »Papa, kannst du mir ein paar Piratenbücher kaufen?«

* * *

Jakob, Bonny und Smut saßen zusammen im Baumhaus und besprachen die Ereignisse des Tages.

»Beim Neptun! Ich dachte, aller guten Piraten sind drei.« Aufgebracht schüttelte Smut den Kopf.

»Matilda ist ja auch keine Piratin«, sagte Jakob.

»Ich weiß nicht, ob ich jemals eine Person gesehen habe, die weniger Piratin ist als die«, stimmte Bonny ihm zu. »Aber immerhin scheint sie kein Problem mit *uns* zu haben.«

»Es geht mir ums Prinzip«, erklärte Smut. »Unsere Crew ist komplett.«

»Da hast du recht«, sagte Jakob, »aber Matilda kann uns helfen, den Schatz zu finden. Und danach …«

»Schicken wir sie über die Planke?«, fragte Smut und rieb sich erwartungsvoll die Hände.

Jakob nickte, auch wenn er insgeheim dachte, dass ein Gang über die Planke vielleicht etwas übertrieben wäre.

* * *

Am nächsten Morgen packte Jakob rasch seine wichtigsten Schatzsucher-Utensilien zusammen: ein Fernrohr, einen Kompass und das Schatzrätsel natürlich. Er steckte sich seinen Säbel in den Gürtel und griff nach dem Dreispitz, der die Nacht auf dem Schreibtisch neben seinem Bett verbracht hatte. Dann rief er: »Mannschaft an Deck!«

»Frauschaft auch!«, rief Bonny, die jetzt mit Störtie auf der Schulter und Smut an ihrer Seite zur Stelle war.

Zusammen machten sich die vier auf den Weg ins Erdgeschoss, wo Jakobs Mutter gerade dabei war, ein paar Spiegeleier zu braten.

»Ich bin weg!« Jakob schaute kurz in die Küche hinein.

»Was? Willst du denn gar nicht frühstücken?«, fragte seine Mutter verwundert.

»Keine Zeit. Bin verabredet.«

Seine Mutter wollte eigentlich einwenden, dass man sich mit unsichtbaren Fantasiepiraten nicht verabreden könne, als sie zum Küchenfenster hinaussah und Tilda im Vorgarten entdeckte. Das Mädchen saß auf dem Rand des kleinen Sandkastens, den Jakobs Vater kurz nach Jakobs Geburt gebaut und mit Ostseesand gefüllt hatte.

»Ähm ... viel Spaß«, war alles, was sie noch sagen konnte, bevor Jakob die Haustür hinter sich zufallen ließ.

Dass Jakob sich gegen ein Frühstück entschieden hatte,

sollte sich jedoch schon nach einer halben Stunde rächen. Selbst der hartgesottenste Pirat hätte es beim lauten Knurren seines Magens mit der Angst zu tun bekommen. Als die Schatzsucher den Hafen erreichten, machten sie darum einen ersten Stopp an einer Fischbude, wo Jakob sich ein Krabbenbrötchen kaufte.

»Willst du keins?«, fragte er Tilda mit vollem Mund.

»Ich habe zu Hause schon gefrühstückt«, antwortete Tilda, »außerdem esse ich keine Tiere.«

»Bööörp«, schnatterte Störtie erfreut.

»Beim Neptun!«, schoss es aus Smut heraus. »Es ist noch schlimmer, als wir dachten.«

»Aber das sind doch nur Krabben«, sagte Jakob.

»Erstens sind Krabben auch Tiere«, antwortete Tilda, »und zweitens sind sie komisch glitschig und riechen eklig. Wie alles, was aus dem Wasser kommt.«

Smut stieß einen schockierten Grunzer aus und schüttelte den Kopf.

»Du lebst gefährlich«, raunte Bonny Tilda zu, die das natürlich nicht hören konnte.

»Du weißt schon, dass du hier mit Piraten unterwegs bist, oder?«, fragte Jakob.

Tilda zuckte mit den Schultern.

»Und was ist, wenn wir bei der Schatzsuche in See stechen müssen? Wenn uns dabei der Proviant ausgeht?

Wenn wir uns unser Essen nur noch selber angeln können?«

»Hmm …«, grübelte Tilda. »Wie wäre es mit Algen?«

»Du hast auch auf alles eine Antwort, oder?«, fragte Jakob und warf einer Möwe ein Stück Brötchen hin.

»Erwischt!«, rief plötzlich Hafenmeister Hinnerksen, der wie aus dem Nichts aufgetaucht war und Jakob einen mahnenden Blick zuwarf. Er deutete auf ein Schild, auf

dem groß *Das Füttern von Möwen ist strengstens verboten* stand. »Wenn du eine fütterst, kommen alle. Das geht nicht«, schnaubte er. »Mein Hafen ist schließlich kein Vogelpark.«

Da stürzte sich plötzlich eine ganze Schar Möwen auf Jakobs Brötchenstück.

»Siehst du! Ich hab's ja gesagt!« Hinnerksen versuchte, die Möwen mit wilden Armbewegungen zu verscheuchen, die sich davon aber kaum beeindrucken ließen.

Jakob, Tilda, Bonny und Smut nutzten die Gelegenheit, um sich aus dem Staub zu machen.

»Wer war das denn?«, wollte Tilda wissen, als sie in sicherer Entfernung waren.

»Das war Hinnerk Hinnerksen, der Hafenmeister«, antwortete Jakob seufzend. »Er ist das absolute Gegenteil von einem Piraten.«

»Wie ist denn ein Pirat?«, fragte Tilda.

»Mutig, gefährlich, abenteuerlustig, gerissen und supercool«, sagte Jakob stolz.

»Außerdem können Piraten nicht kochen«, sagte Bonny mit Blick auf Smut.

»Und orientierungslos sind sie auch«, sagte Smut mit Blick auf Bonny.

»Bist du auch ein Pirat?«, wollte Tilda wissen. »Oder tust du nur so?«

»Klar bin ich ein Pirat!«, sagte Jakob. »Ich habe einen Dreispitz, ich habe einen Säbel, und ich habe ein Schiff.« Seine kleine Jolle ein Schiff zu nennen, war zwar etwas übertrieben, aber das musste Tilda ja nicht unbedingt wissen.

»Bööörp«, sagte Störtie zustimmend.

»Und deine Kopfpiraten?«, fragte Tilda. »Wie lange hast du die schon?«

Jakob zuckte nur mit den Schultern.

»Okay, dann lass uns mit der Schatzsuche beginnen und den Hafen unsicher machen«, sagte Tilda, die verstand, dass Jakob nicht darüber reden wollte.

* * *

Kein Lüftchen wehte. Die *Bartholomäus* lag ruhig auf dem Meer. Käpt'n Jakobson, Bonny und Smut saßen an Deck und ließen sich die Mittagssonne ins Gesicht scheinen, und Störtie hatte sich auf der Schiffsreling niedergelassen.

»So kann man es aushalten«, säuselte Smut. »Jetzt kurz die Augen schließen und von einem Schatz träumen. Was könnte es Schöneres geben?«

»Einen Schatz finden!«, erwiderte Bonny.

»Geduld, Geduld, Kameraden«, sagte Käpt'n Jakobson und holte sein Schatzrätsel hervor. »Wir müssen nur noch herausfinden, wo genau der Schatz vergraben ist, dann gehört uns die Welt.«

»Ich werde beim Ausgraben helfen«, sagte plötzlich ein Mädchen, das sich hinter einem Mast versteckt hatte und nun dahinter hervortrat.

Der Käpt'n und seine Crew drehten sich verwirrt zu dem blinden Passagier um.

»Wie heißt du? Und wie bist du an Bord gekommen? Hat dich der Dreiäugige Däne geschickt?«, fragte Käpt'n Jakobson misstrauisch.

»Ich … ähm … heiße Tilda. Ich hatte mich unter Deck versteckt und dachte … also, vielleicht … ähm«, stotterte sie. »Vielleicht habt ihr einen Job für mich?«

Der Käpt'n musterte das Mädchen von oben bis unten. »Du kannst als Pulveraffe anheuern«, sagte er schließlich.

»Pulveraffe Matilda«, sagte Smut grinsend. »Endlich ist jemand mit noch niedrigerem Rang an Bord.«

»Pulveraffe?«, fragte Tilda.

»Du holst aus der Pulverkammer Nachschub für die Kanonen«, erklärte Käpt'n Jakobson.

Auf einmal erschütterte ein gewaltiger Stoß das Schiff. Der Käpt'n, Bonny und Smut schreckten hoch, und auch der Papagei Störtie flatterte schnatternd auf.

»Was ist passiert?«, fragte Tilda.

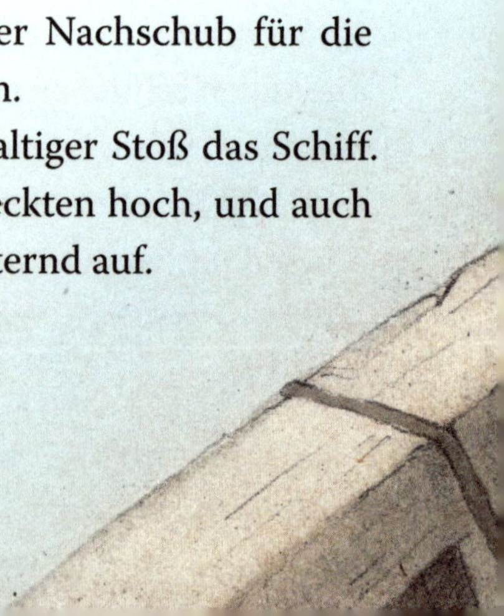

Käpt'n Jakobson warf einen bangen Blick über die Reling. »Ein Angriff aus der Tiefe«, murmelte er.

Im selben Moment sah er ein riesiges Monstrum unterhalb der Meeresoberfläche entlangschwimmen.

»Ein Angriff von wem?«, fragte Pulveraffe Tilda und beugte sich ebenfalls über die Reling.

»Von einem Weißen Hai«, antwortete Käpt'n Jakobson. »Von dem größten, der jemals von Menschenaugen gesichtet wurde!«

Dann geriet das Schiff erneut durch einen heftigen Stoß ins Schwanken. Bonny und Smut suchten Halt am Steuerrad, während Käpt'n Jakobson fieberhaft überlegte, wie er dem Ungeheuer den Garaus machen konnte.

»Alle auf ihre Positionen, Kanonen laden!«, befahl er.

»Ein Weißer Hai?«, fragte Pulveraffe Tilda ungläubig. »In der Ostsee?«

»Auf die Positionen, hab ich gesagt«, mahnte Käpt'n Jakobson. »Ab in die Pulverkammer mit dir, wir müssen die Kanonen befeuern.«

Doch der Pulveraffe schien nicht überzeugt zu sein: »Ist das nicht ein bisschen unrealistisch?«

»Warum meutert der Pulveraffe?«, rief Smut seinem Käpt'n zu.

Der Käpt'n seufzte, kletterte auf die Reling und sprang in die Tiefe.

»So macht das keinen Spaß, Matilda«, sagte Jakob, der nach seinem Sprung nicht nur im Sand, sondern auch zurück in der Realität gelandet war. Eigentlich befanden sich die Schatzsucher nämlich nicht auf dem offenen Meer, sondern auf einem Spielplatz am Strand, zu dem ein großes hölzernes Piratenschiff gehörte. Und Weiße Haie gab es dort natürlich auch nicht. Weil die Suche im Hafen nach einem Hinweis auf den Schatz ergebnislos gewesen war, hatten sie beschlossen, eine Pause auf dem Spielplatz einzulegen.

»Sorry«, sagte Tilda und sprang hinterher. »Ich wusste ja nicht, dass wir es mit der Wirklichkeit nicht so genau nehmen. Es gibt also Weiße Haie in der Ostsee, ist notiert. Kommt nicht wieder vor.«

Jakob nickte zufrieden.

»Sie ist nicht der hellste Leuchtturm an der Küste«, meinte Bonny.

»Sag das noch mal!« rief Jakob aufgeregt.

»Kommt nicht wieder vor?«, fragte Tilda.

»Nicht du, sondern Bonny«, sagte Jakob und blickte seine Steuerfrau auffordernd an.

»Sie ist nicht der hellste Leuchtturm an der Küste«, wiederholte Bonny.

»Genau!« Jakob griff nach seinem Fernrohr. »Im Hafen haben wir keine Spur entdeckt, die uns zum Schatz führen könnte. Aber ich weiß jetzt, wo wir unseren ersten Hinweis finden.«

Durch das Fernrohr erblickte er die Ruine eines alten Leuchtturms, der auf den Steilklippen stand.

KAPITEL 10

Nach einem kurzen Fußmarsch erreichten Käpt'n Jakobson, Bonny, Smut und der Pulveraffe Tilda den alten Leuchtturm, von dem sie sich Hinweise auf der Suche nach ihrem Schatz erhofften. Der Turm war seit Jahren nicht mehr in Betrieb. An der Außenwand blätterte Putz ab. Wind pfiff durch die zerschlagenen Fenster in die Ruine.

Käpt'n Jakobson entzündete eine Fackel und begab sich durch die Eingangstür in das dunkle Innere des Turmes. Seine Crew folte ihm.

»Seid vorsichtig, Kameraden«, warnte der Käpt'n, als er den Fuß auf die knarrende erste Stufe der Wendeltreppe nach oben setzte, »und haltet die Augen offen!«

»Aye, Käpt'n«, sagte Pulveraffe Tilda. »Aber wonach genau suchen wir eigentlich?«

»Wenn ich das wüsste, würde ich's dir sagen, Pulveraffe«, raunte Käpt'n Jakobson und leuchtete mit der Fackel an den Wänden entlang.

»Da, ein Geist!«, schrie Pulveraffe Tilda plötzlich und ging in Deckung.

Smut versteckte sich panisch hinter Bonny, und Störtie hielt sich einen Flügel vor die Augen.

»Ein Geist?«, fragte Käpt'n Jakobson.

»Ja«, antwortete Pulveraffe Tilda. »Ein Geist! Ganz blass und gruselig und, ähm, tot? Ein Geist eben!«

»Sag mal, bist du noch ganz da?«, fragte Jakob.

»Häh? Wieso? Weiße Haie waren okay, aber Geister nicht?« Tilda wusste nicht, was sie nun schon wieder falsch gemacht hatte.

Die Schatzsucher waren wieder zurück in der Wirklichkeit. Sie befanden sich zwar nach wie vor im Inneren des alten Leuchtturms, aber der war nur noch baufällig und längst nicht mehr so gruselig wie in ihrer Fantasie. Und Jakobs Fackel war bloß eine Taschenlampe.

Die Schatzsucher traten auf die Aussichtsplattform des Leuchtturms hinaus und genossen den weiten Blick über die Ostsee, die sich schier unendlich vor ihnen zu erstrecken schien.

»Woow!«, schwärmte Tilda.

Jakob zog das Schatzrätsel hervor und las einen der Sätze laut vor: *»Und auch, wo altes Feuer glimmt.«*

»Altes Feuer?«, fragte Tilda verwundert.

»Heute funktionieren Leuchttürme mit elektrischem Licht. Aber früher war das anders. Da hat in den Leuchttürmen ein echtes Feuer gebrannt. In diesem hier auch.«

»Ahhh!« Tilda verstand.

Die Piraten suchten die Aussichtsplattform des Leuchtturms gründlich ab.

»Also, ich kann keinen Hinweis entdecken«, erklärte Smut schließlich.

Jakob ließ enttäuscht die Schultern hängen. Scheinbar waren sie doch nicht auf der richtigen Fährte.

»Und wenn wir erst mal woanders suchen?«, fragte Tilda. »Wie geht denn der Rätselspruch weiter?«

»Wo Wellen um unsichtbare Ufer rauschen«, antwortete Bonny.

Einen Moment lang schauten Jakob und seine Piratenfreunde Tilda erwartungsvoll an. Dann erinnerte sich Jakob daran, dass Tilda Bonny und Smut ja weder sehen noch hören konnte, und er wiederholte den Satz.

Tilda grübelte und hatte plötzlich einen Einfall. Sie zog einen kleinen Touristenführer aus ihrer Jacke und blätterte darin herum. »Hier!«, rief sie und begann vorzulesen: »Bei dichtem Nebel war das unbewohnte Eiland für Seefahrer nicht zu sehen, sodass nicht wenige an den *unsichtbaren Stränden* von Klein Bermuda Schiffbruch erlitten.«

»Unsichtbare Strände? Klein Bermuda?« Jakob blickte Tilda mit großen Augen an. »Ich weiß, wo das liegt. Das ist eine kleine Insel, zu der man mit einer Fähre fahren kann.«

Wie der Blitz rannte er die Treppen des Leuchtturms hinunter. Tilda, Bonny und Smut eilten ihm nach, und Störtie flatterte außen an der Turmmauer hinab.

Unten angekommen, stürmte Jakob aus der Tür und prallte prompt gegen den runden Bauch von Hafenmeister Hinnerksen.

»Jakob Olschewski, du schon wieder!« Hinnerksen strich seine Hafenmeisteruniform glatt.

Da stolperten auch Tilda und die beiden Piraten ins Freie.

»Glaubt ihr etwa, die ganzen Schilder wären nur Spaß?« Der Hafenmeister deutete auf ein Dutzend *Betreten verboten*-Schilder, die er um den baufälligen Leuchtturm herum aufgestellt hatte. »Ihr habt hier nichts zu suchen.«

Jakob schaute auf das Schatzrätsel in seinen Händen. »Doch«, sagte er leise, aber bestimmt.

Hinnerksen entriss Jakob das Rätsel. »Ist ja niedlich. Seid ihr auf Schatzsuche, oder was?« Er lachte laut.

»Was ist denn daran so witzig?«, wollte Tilda wissen.

»Immer nur Kirmes im Kopf, Olschewski!«, sagte Hinnerksen und gab Jakob das Schatzrätsel zurück.

»*Du* hast Kirmes im Kopf, du Kugelfisch!«, rief Tilda wütend.

»Bööörp«, stieß auch Störtie empört aus.

»Kugelfisch?« Hinnerksen streichelte sich gekränkt

über den dicken Bauch und wandte sich dann Jakob zu: »Wo hast du die denn gefunden?«

Jakob grinste den Hafenmeister frech an. Dann lief er zusammen mit Smut, Bonny und Tilda davon, und Störtie flatterte ihnen krächzend hinterher.

»Kugelfisch, ha!« Auch wenn sie Jakob zwischendurch immer wieder zur Verzweiflung brachte – gerade war er ziemlich froh, dass Tilda bei der Schatzsuche dabei war.

KAPITEL 11

Die Schatzsucher waren zurück im Hafen, wo sie schnurstracks auf die kleine Personenfähre zuliefen. An der Einstiegsrampe stand ein Mann, der Tickets verkaufte.

»Klein Bermuda und zurück!«, rief der Verkäufer. »Abfahrt in drei Minuten. Letzte Überfahrt für heute.«

»Das haben wir ja gerade noch rechtzeitig geschafft«, sagte Jakob. Da sah er, dass Tilda auf einmal ganz blass um die Nase war. »Was ist denn los?«

»Nichts«, antwortete Tilda leise. »Du und deine Kopfpiraten, ihr macht das schon. Ich glaub, ich geh jetzt lieber nach Hause.«

»Was? Wieso denn?«, wunderte sich Jakob.

»Es ist ja schon spät«, erklärte Tilda wenig überzeugend.

»Ich dachte, du wolltest uns helfen?«

»Ja, aber …«, begann Tilda. »Ich, ähm … Ich mag keine Schiffe. Die schaukeln so hin und her, da wird mir immer schlecht. Und ein Rettungsboot sehe ich auch nirgendwo.«

»Dann setzen wir eben ohne sie über«, warf Smut ein. »Wer nicht will, der hat schon.«

»Abfahrt!« Der Ticketverkäufer schaute die Kinder erwartungsvoll an. »Wollt ihr nun mit oder nicht?«

»Na gut, ich komme mit«, sagte Tilda leise.

»Yo-ho-ho!«, rief Jakob. »Zwei Schülertickets und zwei für Erwachsene«, sagte er dann zu dem Verkäufer und zückte seinen Geldbeutel.

»Bööörp!«, protestierte Störtie.

»Und einmal Papagei«, schob Jakob hinterher, woraufhin sich der Ticketverkäufer verwirrt am Kopf kratzte.

* * *

Mit einem lauten Hupen setzte sich die Fähre kurz darauf in Bewegung. In der Ferne konnte man die Insel, die Klein Bermuda genannt wurde, bereits erahnen. Jakob, Bonny und Smut standen im Bug und richteten den Blick in Richtung Horizont. Die limonengrünen Federn von Störtie, der auf Bonnys Schulter saß, wurden vom Fahrtwind ganz zerzaust. Jakob schloss die Augen und atmete die frische Meeresluft ein.

Jeden Sommer, am Geburtstag seines Vaters, hatten Jakob und seine Eltern einen Familienausflug nach Klein Bermuda unternommen. Das war eine Tradition, mit der unter keinen Umständen gebrochen werden durfte. Jedenfalls bis jetzt. Dieses Jahr würden seine Mutter und er den

Ausflug ganz bestimmt nicht unternehmen. Jakob wurde traurig. Ihm fiel ein, dass er ohne seinen Vater überhaupt noch nie auf Klein Bermuda gewesen war.

»Worüber denkst du nach?«, fragte Bonny.

Jakob wusste nicht so richtig, wie er seine Gedanken in Worte fassen sollte. »Ich weiß auch nicht, Bonny«, sagte er. »Manche Dinge werden einfach nie, nie, nie wieder so sein wie früher.«

Bonny legte den Arm um Jakobs Schultern.

»Und jedes Mal, wenn mir das einfällt, möchte ich am liebsten ...«

»... ein Schiff kapern, die Welt umsegeln und niemals wiederkommen?«, beendete Smut seinen Satz.

Jakob nickte. »Meint ihr, das würde helfen?«

»Auf jeden Fall!«, sagte Smut wie aus der Kanone geschossen.

Bonny hingegen war sich nicht so sicher. »Ob das wirklich eine Lösung wäre?«

»Was redest du denn da?«, fragte Smut. »Genau so hast du es doch selbst gemacht. Du hast deine Familie und das Leben an Land hinter dir gelassen und kein einziges Mal zurückgeschaut.«

»Ich schaue oft zurück«, widersprach Bonny. »Jedenfalls in Gedanken. Das, was du erlebt hast, bleibt ja ein Teil von dir, Jakob. Da kannst du noch so weit wegsegeln.«

Jakob seufzte enttäuscht. »Und was hilft *dann*?«

Bonny lächelte Jakob aufmunternd an. »Das musst du wohl selbst herausfinden. Und jetzt sollten wir erst einmal herausfinden, was mit unserem Pulveraffen los ist. Dem scheint es gar nicht gut zu gehen.«

Jakob drehte sich um und sah, dass Tilda sich mit geschlossenen Augen auf dem Boden der kleinen Fähre zusammengekauert hatte und leise vor sich hin murmelte: »Wir sind gleich da. Das Schiff wird nicht sinken. Wir sind gleich da. Das Schiff wird nicht sinken.«

»Bist du wirklich seekrank?«, fragte Jakob. »Das Schiff wird garantiert nicht sinken. Und selbst wenn! Die Ostsee hat fünfzehn Grad, da würden wir schon nicht erfrieren, bis wir gerettet werden.«

»Ich will aber nicht, dass man uns retten muss«, sagte Tilda, ohne die Augen zu öffnen.

Jakob, Bonny und Smut sahen sich hilflos an und setzen sich schließlich zu Tilda auf den Boden.

Zum Glück hatten sie die Insel schon fast erreicht.

* * *

Eigentlich bestand Klein Bermuda nur aus Strand, Wald und Felsen. Niemand wohnte dort. Die Betreiber von Imbissbuden, Cafés und Strandstuhlvermietungen kamen morgens mit der ersten Fähre und verließen die Insel am Abend mit der letzten wieder. Touristen genossen die Natur, gingen spazieren oder ließen sich am Strand die Sonne auf den Bauch scheinen.

Sobald die Fähre angelegt hatte, sprangen Jakob, Tilda, Bonny und Smut von Bord. Störtie saß noch immer auf Bonnys Schulter.

Tilda war froh, die Seereise unbeschadet überstanden und wieder festen Boden unter den Füßen zu haben. Und obwohl sie auf der Fähre tausend Tode gestorben war, freute sie sich, nach wie vor bei der Schatzsuche dabei zu sein.

Doch wo sollten sie mit der Suche anfangen? Auch wenn der Name Klein Bermuda anderes vermuten ließ – *klein* war die Insel nicht gerade. Jedenfalls nicht klein genug, um alles in ein paar Stunden abzulaufen.

»Wir können uns ja aufteilen«, schlug Jakob vor.

Tilda verzog das Gesicht. »Ich weiß nicht, ob das so eine gute Idee ist. Entweder sind wir beide in einem Team und Bonny und Smut im anderen, aber dann können wir auch gleich zusammen gehen ...«

»Frechheit!«, schob Smut dazwischen.

»... oder du machst dich mit einem deiner Kopfpiraten auf den Weg und ich mit dem anderen«, fuhr Tilda fort. »Aber dann bin ich eigentlich alleine. Dann könntest du auch gleich beide Piraten mitnehmen.«

Das gefiel Smut. »Guter Plan, so wird's gemacht!«

Jakob seufzte. »Es wäre viel leichter, wenn du die beiden Piraten auch sehen könntest.«

Tilda zuckte mit den Schultern.

»Na gut, wir bleiben also zusammen«, sagte Jakob und marschierte vorweg.

Sie beschlossen, in der Mitte der Insel zu starten und sich dann schneckenförmig nach außen zu bewegen.

Das Zentrum der Insel war so dicht mit Waldkiefern und Fichten bewachsen, dass man leicht die Orientierung verlieren konnte. Hatte Jakobs Vater in diesem Wirrwarr aus Bäumen wirklich einen Hinweis versteckt? Warum hätte er es Jakob so schwer machen sollen?

Nach einer langen, vergeblichen Suche schlug Jakob vor, sich woanders umzusehen. Also ließen sie den Wald hinter sich und gelangten bald zu einigen alten, riesigen Felsbrocken. Hier hatten Jakob und seine Eltern bei ihrem letzten gemeinsamen Ausflug ein Picknick gemacht.

Jakob, Bonny, Smut und Tilda turnten auf den hohen Felsen herum und hielten dabei Ausschau nach einem Hinweis auf ihren Schatz. Doch sie konnten nicht den kleinsten Anhaltspunkt entdecken.

»Ich verstehe das nicht« sagte Jakob niedergeschlagen. »Warum finden wir denn nichts? Der Hafen ist so groß,

dass wir gar nicht wussten, wo wir mit der Suche anfangen sollten. Auf dem Leuchtturm war nichts und hier auch nicht.«

»Eine Schatzsuche muss eben schwer sein«, sagte Tilda. »Sonst könnte ja jeder Vollidiot ein Schatzsucher sein!«

»Aber so schwer, dass wir *gar nichts* finden?«, sagte Jakob und setzte zu einem Sprung auf einen weiteren Felsen an.

»Nur nicht die Hoffnung aufgeben«, sagte Bonny aufmunternd.

Doch da rutschte Jakob plötzlich ab und landete in einer tiefen Felsspalte.

Tilda, Bonny und Smut eilten sofort zu ihm und blickten in die Spalte hinab. Störtie kreiste aufgeregt schnatternd über ihren Köpfen.

»Alles klar, Käpt'n?«, fragten Bonny und Smut im Chor.

»Hast du dir wehgetan?«, rief Tilda.

Jakob schüttelte den Kopf. »Nichts passiert«, sagte er und versuchte, sich nicht anmerken zu lassen, dass der

Sturz schon ziemlich wehgetan hatte. »Hilf mir mal«, sagte er und streckte Tilda seine Hand entgegen.

Tilda kniete sich auf den Felsen. »Okay«, sagte sie mit einem Grinsen, »weil wir Freunde sind!«

Blitzschnell zog Jakob seine Hand wieder zurück. »Sind wir nicht!«, sagte er entschlossen. »Wir sind Geschäftspartner.«

»Jetzt hab dich doch nicht so« sagte Tilda. »Was wäre denn so schlimm daran, wenn wir Freunde wären?«

»Pah!«, rief Smut. »*Alles* wäre schlimm daran.«

»Glaub mir, das geht einfach nicht«, sagte Jakob und bemühte sich vergeblich, von alleine aus der Felsspalte nach oben zu klettern.

Tilda schüttelte enttäuscht den Kopf und setzte sich im Schneidersitz neben die Felsspalte. »Dann schaffst du es bestimmt auch ohne meine Hilfe da raus.«

Und während Jakob weiter versuchte, nach oben zu gelangen, machte sich die Sonne am Horizont langsam, aber sicher auf den Weg in die entgegengesetzte Richtung – nach unten.

KAPITEL 12

Tilda saß noch immer neben der Felsspalte und dachte an die Zeit vor ihrem Umzug nach Deutschland. Sie dachte an Klaas und Nintje und Bent – ihre guten Freunde, die sie nach langer Suche in Eindhoven gefunden hatte. Doch bald darauf hatte ihr Vater einen neuen Job angenommen, und Tilda musste sich wieder von ihnen verabschieden. So lief es jedes Mal – und darauf hatte Tilda keine Lust mehr. Wirkliche Freundschaften brauchten Zeit zum Reifen. Zeit, die Tilda nie bekam. Vor ihrem Umzug nach Deutschland hatte sie sich daher felsenfest vorgenommen, so schnell wie möglich nach neuen Freunden zu suchen. Und jetzt wohnte im Haus nebenan ausgerechnet ein Freundschaftsverweigerer wie Jakob!

»Schönen Dank auch!«

»Wofür?«, tönte es aus der Felsspalte.

»Ach, nichts«, entgegnete Tilda. »Hab nur laut gedacht.«

»Kannst du das bitte sein lassen? Ich muss mich hier konzentrieren!«, erklärte Jakob und startete einen erneuten Anlauf, nach oben zu klettern.

»Sorry«, sagte Tilda, bevor ihr einfiel, dass es eigentlich gar nichts gab, wofür sie sich entschuldigen musste. »Nee, doch nicht sorry«, schob sie darum schnell hinterher. »Sei nicht so frech!«

Im selben Moment gelang es Jakob tatsächlich unter größter Kraftaufwendung, aus der Felsspalte in die Freiheit zu klettern.

»Siehst du«, sagte er schwer atmend zu Tilda, »gar kein Problem für mich! Ich wusste ja, dass ich mich auch alleine befreien kann.«

Bonny war stolz: »Der Käpt'n hat's uns wieder gezeigt.«

Tilda warf einen Blick auf ihre Uhr. »Und dafür hast du nur fünfzig Minuten gebraucht«, sagte sie lachend. »Neue Bestzeit?«

Bevor Jakob etwas erwidern konnte, war plötzlich in der Ferne ein lautes Tuten zu hören.

»Was war das?«, wunderte sich Smut.

»Oh nein, das Schiffshorn der Fähre«, antwortete Jakob.

»Ja, und?« Smut runzelte die Stirn.

»Der *letzten* Fähre!«, erklärte Jakob.

Tilda und er wechselten einen erschrockenen Blick. Sie hatten gar nicht mitbekommen, wie spät es inzwischen schon war.

»Kein Problem«, sagte Bonny. »Dann nehmen wir eben die *Bartholomäus.*«

Doch Jakob ignorierte den Vorschlag seiner Piratenfreundin und sah Tilda an. »Was machen wir denn jetzt?«

* * *

Gefolgt von den Piraten, rannten Jakob und Tilda los. Doch als die Schatzsucher vollkommen außer Atem den Strand erreichten, war die Fähre, die sie ans Festland hätte bringen sollen, nur noch in weiter Ferne zu sehen.

»Beim Neptun!«, fluchte Smut.

»Wir wurden ausgesetzt, ganz ohne Wasser und Vorräte!«, jammerte Bonny.

Störtie, der auf ihrer Schulter gelandet war, stieß ein klägliches »Böööörp« aus.

Jakob drehte sich zu den anderen um. »Meine Mutter wird richtig böse sein, wenn ich heute Abend nicht da bin. Bestimmt bekomme ich Hausarrest! Für mindestens drei Wochen, vielleicht sogar für den Rest der Sommerferien.«

»Für den Rest der Sommerferien?«, fragten Bonny und Smut erschrocken im Chor.

»Mindestens. Dann können wir die Schatzsuche vergessen!«

»Daran ist nur dieses elende Landmädchen schuld«, regte sich Smut auf. »Seitdem sie dabei ist, haben wir nichts als Pech.«

»Moment mal, sie scheint eine Idee zu haben«, sagte Bonny.

Und tatsächlich: Tilda lief in Richtung des kleinen Wäldchens oberhalb des Strandes davon und kehrte kurz darauf mit ein paar Ästen und Zweigen im Arm zurück.

»Wollt ihr hier noch lange Trübsal blasen, oder versuchen wir, von dieser Insel runterzukommen?«, fragte sie und warf Jakob ihre Beute vor die Füße.

»Sollen wir damit ein Floß bauen?«, fragte Jakob verwundert.

»Als ob ich jemals im Leben ein Floß betreten würde«, sagte Tilda grinsend.

* * *

Es dauerte eine ganze Weile, doch irgendwann brannte am Strand ein beachtliches Lagerfeuer, von dem die Schatzsucher sich erhofften, dass es vom Festland oder wenigstens von einem vorbeifahrenden Boot aus zu sehen war. Tilda hatte in weiser Voraussicht allerlei Notfall-Dinge in ihren

Rucksack gepackt, die man für eine Schatzsuche gebrauchen konnte: neben einem Taschenmesser und einer Tafel Schokolade hatte sie zum Glück auch ein Feuerzeug dabei.

Die Sonne war inzwischen untergegangen und der Himmel sternenklar.

Die beiden Piraten lehnten Rücken an Rücken im Sand und schlummerten friedlich. Bonny schnarchte leise, aber hörbar. Auf ihrem Kopf kauerte Störtie.

Jakob und Tilda saßen nebeneinander am Lagerfeuer und aßen Schokolade.

»... und Käpt'n Jakob schreit: *So wird diese Geschichte nicht enden!*«, sagte Jakob, der Tilda gerade vom letzten *Ahoi, ahoi!*-Buch erzählte.

»Und dann?«, wollte Tilda gespannt wissen.

»Nichts dann. Mit diesen Worten endet die Geschichte«, sagte Jakob traurig und schaute in die knisternden Flammen. »Ich muss das letzte Kapitel finden, verstehst du? Wenn ich es nicht finde …«

»Ich verstehe«, begann Tilda, »aber ich weiß nicht, ob ich weiter deine Geschäftspartnerin sein will. Ich möchte nämlich lieber einen Freund finden, und ich kann es mir nicht leisten, Zeit zu verlieren.«

Jakob dachte einen Moment lang darüber nach. »Ich habe aber schon Bonny und Smut«, sagte er leise. »Auf die kann ich mich immer verlassen.«

»Auf mich kannst du dich doch auch verlassen«, antwortete Tilda.

»Vielleicht … aber das ist trotzdem was anderes.«

Tilda runzelte die Stirn. Wieso war das etwas anderes? War sie nicht diejenige, die es in Wirklichkeit gab? Das war doch viel besser, als nur Fantasiefreunde zu haben!

»Du kannst das nicht verstehen, Matilda. Niemand versteht mich.«

»Ich will's aber versuchen«, sagte Tilda. »Wenn du also irgendwann das Gefühl hast, dass du es mir erklären willst, dann höre ich gerne zu. Ich …«

In diesem Augenblick entdeckten die beiden den Lichtkegel einer Taschenlampe, der am Strand auf sie zukam.

Sie waren gerettet!

»Hier sind wir!«, rief Jakob in die Dunkelheit hinein. »Bonny, Smut, wacht auf! Man hat uns gefunden.«

Die beiden Piraten rieben sich verschlafen die Augen, und Störtie schüttelte sein Gefieder, während Jakob und Tilda aufstanden und sich den Sand aus ihrer Kleidung klopften.

Dann sahen sie, in wessen Hand sich die näher kommende Taschenlampe befand.

»Unerlaubtes nächtliches Aufhalten auf der Insel! Unerlaubtes Erzeugen von Seezeichen! Verstoß gegen das Naturschutzgesetz! Brandstiftung!«, rief ihnen Hafenmeister Hinnerksen aufgebracht zu.

Jakobs gute Laune über die nahende Rettung schlug sofort in Missmut um. »Na endlich«, begrüßte er Hinnerksen. »Wir warten hier schon 'ne halbe Ewigkeit!«

* * *

Auf dem Steg am Festland, auf den Hinnerksens Motorboot mit den Schatzsuchern an Bord jetzt zufuhr, stand Jakobs Mutter und wartete. Hinnerksen hatte sie von unterwegs mit seinem Handy angerufen.

Jakob seufzte und machte sich schon mal auf die Standpauke gefasst.

»Keine Bange«, sagte Bonny aufmunternd.

»Vielleicht hat sie heißen Grog in einer Thermoskanne dabei«, hoffte Smut.

Tilda hingegen hatte ganz andere Sorgen. Sie kauerte wieder mit geschlossenen Augen auf dem Boden des Motorbootes. »Wir werden nicht sinken! Wir werden nicht sinken!«, flüsterte sie.

Hinnerksen warf Jakob einen irritierten Blick zu.

»Sie mag keine Boote«, erklärte Jakob.

Dann hatten sie den Steg auch schon erreicht.

Jakobs Mutter half dabei, das Boot festzubinden. »Tausend Dank, Hinnerksen«, sagte sie.

»Den beiden geht's gut. Trotzdem: Letzte Verwarnung«, murmelte der Hafenmeister.

Nun wandte sich Jakobs Mutter den Schatzsuchern zu, die inzwischen aus dem Boot geklettert waren. Sie drückte die Kinder an sich. »Ich hab mir Sorgen gemacht! Und deine Eltern auch, Tilda.«

Jakob und Tilda schwiegen. Beiden stand das schlechte Gewissen ins Gesicht geschrieben.

»Los, wir fahren nach Hause«, sagte Jakobs Mutter. »Und im Auto erklärt ihr mir, was ihr so spät noch da drüben gemacht habt.«

Kurz darauf nahm Jakob auf dem Beifahrersitz neben seiner Mutter Platz, und Tilda setzte sich neben Bonny, Smut und Störtie auf die Rückbank.

Während der Fahrt erzählte Jakob von der Schatzsuche. »Ich hab das Schatzrätsel in der Kiste mit den Sachen aus Papas Arbeitszimmer gefunden«, sagte er leise. »Er hat das letzte Kapitel der *Ahoi, ahoi!*-Geschichte für mich vergraben.«

»Ach, Spatz, das ist doch kein echtes Rätsel. Die Reime hat Papa bestimmt für eines seiner Bücher geschrieben«, sagte Jakobs Mutter.

Jakob schüttelte den Kopf. »Nein, er hat das Rätsel für *mich* geschrieben. In den Büchern taucht es nicht auf.« Er zog das Blatt hervor.

»Glaub mir, es gibt keinen Schatz. Da ist deine Fantasie mal wieder mit dir durchgegangen«, sagte Jakobs Mutter. Sie hielt am Straßenrand an und streichelte ihm kurz übers Haar, ehe sie sich das Schatzrätsel anschaute.

Jakob ließ traurig den Kopf hängen. Das würde zumindest erklären, warum sie bislang nicht einen Hinweis gefunden hatten.

»Und wenn euch dieses Schatzrätsel auf so dumme Gedanken bringt, wie die Nacht auf Klein Bermuda zu verbringen«, fuhr seine Mutter fort, »dann ist es vielleicht besser. wenn ich es einstecke.« Und mit diesen Worten

ließ sie das Schatzrätsel in ihrer Jackentasche verschwinden.

Jakob schaute zum Autofenster hinaus. Es gab kein Rätsel, keine Hinweise. Es gab keinen Schatz, kein letztes Kapitel. Es gab nur ihn und seine blöde Fantasie. Nun würde er nie erfahren, wie *Im Auge des Sturms* endete. Was hätte er nicht alles gegeben, um noch ein letztes Mal ein paar Seiten aus der Feder seines Vaters lesen zu können und dabei dessen Stimme im Ohr zu haben.

Die restliche Heimfahrt über sagte niemand etwas. Tilda konnte Jakob im Rückspiegel beobachten – diesen merkwürdigen, unhöflichen, frechen, witzigen, tieftraurigen Jungen mit den unsichtbaren Piratenfreuden, der sich gerade eine Träne aus dem Gesicht wischte und sich dafür schämte.

Würde diese Geschichte wirklich so enden?

KAPITEL 13

In den nächsten Tagen war Jakob von morgens bis abends in seinem Baumhaus. Er blätterte gedankenverloren in seinen *Ahoi, ahoi!*-Büchern und wünschte sich, dass er das blöde Schatzrätsel nie gefunden hätte. Dann hätte er sich nämlich keine Hoffnung auf das letzte Kapitel gemacht und wäre nicht enttäuscht worden.

Mit Bonny und Smut war genauso wenig anzufangen. Die beiden hockten zwar die meiste Zeit mit ihm im Baumhaus, badeten aber in Selbstmitleid. Insbesondere Smut stieß regelmäßig wehleidige Seufzer aus. Schließlich würden er und Bonny nun nie erfahren, wie es in *Im Auge des Sturms* mit ihnen weiterging.

»Es ist, als hätte ich Gedächtnisverlust, ohne Gedächtnisverlust zu haben«, klagte der Seebär.

»Als wenn man sich unbedingt an etwas erinnern will, das eigentlich nie passiert ist«, meinte auch Bonny.

»Bööörp«, rülpste Störtie, was ebenfalls äußerst niedergeschlagen klang.

»Da sagst du was, Kumpel.« Bonny kraulte ihrem gefiederten Freund den Kopf. »Jeder hat ein Recht darauf, zu wissen, wie seine Geschichte endet.«

»Aber so läuft es eben nicht«, sagte Jakob leise. »Das Leben ist unfair! Daran müssen wir uns gewöhnen.«

Bonny und Smut seufzten traurig.

Als Jakob aus dem Baumhausfenster schaute, sah er dort seine angebundene Piratenflagge schlaff nach unten hängen.

»Die ist auch auf Halb-Ast«, sagte Bonny, aber damit konnte sie Jakob nur ein müdes Lächeln abringen.

* * *

Selbst das Segeltraining konnte Jakobs Laune nicht aufhellen. Das laue Lüftchen, das übers Hafenbecken wehte, ließ die Segelschüler in ihren Jollen nur leicht hin und her schaukeln. Bonny und Smut hatten sich in der Zwischenzeit zum Glück wieder gefangen und taten ihr Bestes, um Jakob aufzumuntern.

»Dann suchen wir uns eben ein neues Abenteuer!«, sagte Bonny. »Wir zähmen ein Walross. Oder wir bringen Smut das Kochen bei.«

»Sehr witzig«, sagte Smut.

»Ich will aber kein neues Abenteuer«, entgegnete Jakob. »Ich wollte genau *das* Abenteuer.«

Da tauchte plötzlich Oskar in seiner Jolle neben der von Jakob auf.

»Na, bist du doch gar nicht in Klein Schatzingen?«, fragte er mit einem freundlichen Grinsen. »Willst du dann am Wochenende mit mir zum Hafenfest kommen?«

Eigentlich hatte sich Jakob auf das Hafenfest gefreut, aber seit er wusste, dass es keinen Schatz gab, hatte er zu gar nichts mehr Lust. »Das ist superlangweilig für einen Piraten wie mich!«

Er war erleichtert, als das Segeltraining zu Ende war und er Oskar entkommen konnte.

Doch als er seine Jolle an den Steg manövrierte, wartete dort mit Tilda bereits der nächste Quälgeist.

»Na endlich!«, sagte sie, als Jakob aus seiner Jolle stieg.

»Was willst du denn hier?«, fragte Jakob.

»Blöde Frage«, sagte Tilda. »Auf Schatzsuche gehen, was sonst?«

»Oh, oh, Verdacht auf Quallenhirn!«, sagte Smut.

Jakob band seine Jolle am Steg fest. »Hast du's etwa nicht kapiert? Es gibt keinen Schatz, Matilda!«

»Nur, weil deine Mutter das behauptet?« Tilda blickte ihn herausfordernd an. »Woher will die das denn so genau wissen? Hier steht doch mindestens Aussage gegen Aussage.«

Jakob schüttelte den Kopf. »Wir haben nicht einen Hinweis gef...«

»Mann, was seid ihr denn für Piraten?«, unterbrach ihn Tilda. »Dass ihr immer gleich den Kopf in den Sand steckt. So kenn ich euch gar nicht!«

Jakob runzelte die Stirn.

»Bonny!«, rief Tilda, drehte sich allerdings irrtümlich in die falsche Richtung, weil sie die Piraten ja nicht sehen konnte. »In *Der Fluch der Freibeuter*, als ihr schon gefesselt auf der Planke standet, habt ihr da etwa aufgegeben?«

»Äh, nein, haben wir nicht, Sir«, sagte Bonny und stand stramm.

»Smut«, fuhr Tilda fort und schaute dieses Mal zufälligerweise tatsächlich in die richtige Richtung. »Auf der Insel der Tausend Knochen, als plötzlich die Flut kam und euer Beiboot weggespült wurde, habt ihr da etwa hingeschmissen?

»Nein«, sagte Smut kleinlaut.

»Und du, Käpt'n«, sagte Tilda nun, ging einen Schritt auf den verdatterten Jakob zu und presste ihm den Zeigefinger auf die Brust. »Du willst jetzt einfach die Segel streichen, weil irgendjemand behauptet, es gebe gar keinen Schatz? Dein Ernst?«

Jakob wurde nachdenklich.

»Willst du nun den Schatz finden oder nicht?«

»Ich ... denke schon ...«, stammelte Jakob leise.

»Was?«, fragte Tilda. »Ich kann dich nicht verstehen.«

»Ja, will ich«, sagte Jakob kaum lauter.

»ICH WILL DEN SCHATZ FINDEN! Sag es«, befahl Tilda.

»Ich will den Schatz finden.«

»Lauter!«

»ICH WILL DEN SCHATZ FINDEN!«, schrie Jakob, woraufhin sich die anderen Segelschüler verwundert zu ihm umdrehten.

»Ich auch!«, rief Bonny.

»Und ich erst!«, rief Smut.

»Bööörp«, rülpste Störtie voller Vorfreude.

»Dann los«, sagte Tilda. »Gib mir das Schatzrätsel.«

»Ähm, also, das Rätsel …«, stotterte Jakob und blickte Tilda zerknirscht an, »das hab ich nicht mehr.«

»Wieso, wo ist es denn?«, wollte Tilda wissen.

»Das steckt doch in der Jackentasche des Feindes«, seufzte Smut.

Kapitel 14

Das Krankenhaus, in dem Jakobs Mutter arbeitete, war ein großer grauer Betonklotz, der nicht sonderlich schön aussah. Außerdem roch es dort komisch, fand Jakob, und leicht verlaufen konnte man sich darin auch. Er war schon einige Monate nicht mehr in der Klinik gewesen, seit dem Tag, an dem sein Vater gestorben war. Normalerweise wäre Jakob darum gar nicht auf die Idee gekommen, das Krankenhaus zu betreten – wenn da nicht die Sache mit dem Schatzrätsel gewesen wäre.

Tilda war der Ort ebenfalls nicht geheuer – mit seinen vielen langen Fluren und den in weißen Kitteln gekleideten Menschen, die sie an Geister erinnerten.

Die Schatzsucher bogen in einen Flügel der Klinik ein, der sich *Gynäkologie* nannte.

»Alle Mann klar fürs Manöver?«, fragte Jakob.

Tilda nickte und lief alleine weiter, während Jakob und die Piraten hinter einem Servierwagen in Deckung gingen, auf dem das Essen für die Patientinnen auf der Station bereitstand.

Da bog auch schon Jakobs Mutter um die Ecke, natürlich wie alle anderen Krankenschwestern ganz in Weiß gekleidet, und lief geradewegs auf Tilda zu.

Sofort legte Tilda einen leidenden Gesichtsausdruck auf.

»Tilda?«, fragte Jakobs Mutter verwundert. »Was suchst du denn hier?«

»Ich weiß auch nicht«, begann Tilda. »Seit heute früh hab ich Kopfschmerzen auf der linken Seite, mein großer Zeh juckt, und alles, was ich esse, schmeckt irgendwie nach Zitrone. Jakob hat gesagt, Sie können mir helfen?«

»Hat er das?« Jakobs Mutter legte Tilda die Hand auf die Stirn, um zu prüfen, ob sie Fieber hatte. »Du weißt schon, dass das hier die Station für Schwangere ist, oder?«

»Ähm …« Tilda hielt sich den Bauch. »Verraten Sie es nicht meinen Eltern. Es soll eine Überraschung sein.«

Das Stirnrunzeln von Jakobs Mutter trieb Tilda eine Schweißperle auf die Stirn. Würde ihr Plan aufgehen?

»Am besten legst du dich erst mal hin, und dann werde ich schauen, ob ich einen Arzt für dich auftreiben kann.«

»Können *Sie* mich denn nicht untersuchen?«, fragte Tilda. »Ich habe Angst vor Ärzten!«

Daraufhin verschwanden die beiden im nächstgelegenen Behandlungszimmer.

»Nie Nuft nit nein«, sagte Jakob, der sich gerade einen Löffel mit Schokopudding in den Mund geschoben hatte, den er vom Servierwagen stibitzt hatte.

»Die Luft ist rein«, wiederholte Bonny. »Operation *Dir werd' ich's zeigen, du Schatzrätseldiebin* kann beginnen!«

Vorsichtig kamen Jakob, Smut und Bonny mit Störtie auf der Schulter aus ihrem Versteck hervor und schlichen auf Zehenspitzen den Flur der Station entlang.

»Bööörp«, rülpste Störtie, woraufhin Bonny ihm schnell den Schnabel zuhielt.

Doch plötzlich öffnete sich die Tür des Zimmers, das Jakobs Mutter und Tilda kurz zuvor betreten hatten.

Jakob und seine Piratenfreunde erstarrten. Offenbar wollte sich Jakobs Mutter auf den Weg machen, um einen Arzt zu holen.

Da hörte man Tilda laut rufen, damit Jakobs Mutter bei ihr blieb: »Zitrone! Alles schmeckt nach Zitrone! Ich muss mich übergeben!«

Als die Tür zum Behandlungszimmer wieder zufiel, atmeten Jakob und die Piraten erleichtert auf.

Sie mussten sich beeilen, deshalb schlichen sie nicht länger auf Zehenspitzen, sondern rannten los. Ihr Ziel war der Schreibtisch von Jakobs Mutter, der in einem kleinen Büro am Ende des Flures stand, wie Jakob wusste. Genauer gesagt, der Schreibtischstuhl, über dem ihre Jacke hing.

Zu ihrem Glück war in diesem Moment keine andere Schwester dort, sodass Jakob das Schatzrätsel ohne Probleme aus der Jackentasche entwenden konnte.

»Ich hab's!«, flüsterte er triumphierend.

»Was für eine Heldentat!«, gratulierte Smut.

»Wahrlich beeindruckend!«, staunte Bonny.

»Bööörp!«, meinte Störtie.

»Du hast recht, Störtie!«, stimmte Bonny dem Papagei zu. »Zeit, sich aus dem Staub zu machen. Wir können später noch unseren Sieg feiern.«

»Genau, nichts wie weg!«, rief nun auch Smut.

»Aber wir müssen Matilda mitnehmen«, sagte Jakob.

»Wollen wir sie nicht einfach hierlassen?«, fragte Smut. »Sie könnte sich im Krankenhaus ein paar Tage lang richtig verwöhnen lassen. Entspannen. Die Füße hochlegen!«

»Das ist doch hier kein Wellnesshotel«, antwortete Jakob. »Außerdem brauchen wir sie noch bei der Schatzsuche.«

Damit war die Diskussion beendet. Jakob und die beiden Piraten eilten zurück über den Flur, und Störtie flatterte neben ihnen her.

Vor der Tür des Behandlungszimmers rief Jakob mit verstellter Stimme die mit Tilda vereinbarten Signalworte: »Fischers Fritz frischt … Frischers … Ähm, ich meine … Fischers Firtz frischt …«

Im Behandlungszimmer leuchtete Jakobs Mutter Tilda gerade mit einer Lampe in die Augen.

Tilda hörte die Rufe und dachte, dass es beim nächsten Mal auch ein einfacheres Signalwort tun würde. Dann sprang sie von der Liege auf. »Mir geht's schon viel besser!«

»Wirklich?«, fragte Jakobs Mutter. »Irgendetwas stimmt hier nicht!«

»Doch, doch, alles gut! Vielen Dank.« Tilda schüttelte ihre Hand. »Bin wohl gar nicht schwanger. Gerade noch mal Glück gehabt!« Dann verschwand sie aus dem Zimmer und ließ Jakobs Mutter verdutzt zurück.

Sobald die Tür hinter ihr zugefallen war, sprintete Tilda los und traf schließlich auf Jakob, der hinter der nächsten Ecke auf sie wartete.

»Habt ihr es?«, fragte Tilda.

Jakob hielt stolz das Schatzrätsel hoch. »Klaro!«

Plötzlich waren hastige Schritte zu hören. »Tilda?«, rief Jakobs Mutter. »Tilda, warte mal! Bist du sicher, dass es dir gut geht?«

»Schnell!«, sagte Tilda und rannte wieder los. Jakob, Bonny, Smut und Störtie folgten ihr. Sie gelangten in ein Treppenhaus, eilten die Stufen ins Erdgeschoss hinunter und erreichten eine Tür, auf der *Notausgang* stand.

»Wenn das hier keine Notlage ist, dann weiß ich auch nicht!«, sagte Bonny mit einem Blick auf das Schild.

Jakob versuchte, die Tür zu öffnen, doch sie war verschlossen.

»Eine Falle! Wir sind gefangen!«, rief Smut panisch und ruckelte wie verrückt am Türgriff.

Einen Stock höher hallte die Stimme von Jakobs Mutter durch das Treppenhaus: »Tilda?«

»Hier entlang«, sagte Jakob und hielt Tilda, Bonny, Smut und Störtie eine Tür auf, die sie zurück auf die Flure der Klinik bringen sollte. »Wir kommen nur durch den Haupteingang wieder nach draußen.«

Dann rannten sie wie wild durch die Krankenhausflure, vorbei an verwundertem Klinikpersonal und an staunenden Patientinnen und Patienten.

Jetzt bloß nicht verirren, dachte Jakob, als er feststellte, dass er die Station kannte, durch die sie gerade hindurchsprinteten.

Mit einem Mal blieb er stehen.

»Was ist denn, Jakob?«, fragte Tilda außer Atem.

Doch Jakob antwortete nicht, sondern blickte nur starr in eines der Patientenzimmer hinein.

»Jakob, wir müssen weiter. Sonst holt deine Mutter uns ein!«, drängte Tilda.

Ohne Erfolg. Jakob rührte sich nicht.

»Lass *mich* mal«, sagte Bonny und ging in die Hocke, sodass sie mit Jakob auf Augenhöhe war. »Hey, Käpt'n, denk jetzt an etwas anderes! An die Abenteuer, die wir noch zusammen erleben werden. Denk an all die prachtvollen Schiffe, mit denen wir um die ganze Welt segeln wollen. Frei wie der Wind! Kannst du die Freiheit riechen?«

Jakob schloss die Augen und atmete tief ein.

»Gut so«, sagte Bonny. »Aber bevor wir in See stechen können, müssen wir erst mal raus aus diesem blöden Krankenhaus. Und wir sollten diesen Ort so schnell wie möglich wieder vergessen.«

Jakob hielt die Augen weiterhin geschlossen.

»Bereit zum Ankerlichten?«, fragte Bonny. »Dann auf dein Kommando: Eins, zwei ...«

»Drei!«, sagte Jakob und öffnete die Augen.

»Alles okay, Jakob?«, fragte Tilda besorgt.

»Alles okay«, antwortete Jakob. »Lass uns nach Hause gehen.«

KAPITEL 15

Jakob, Tilda, Bonny und Smut nahmen den Bus. Niemand sagte ein Wort, auch wenn Tilda das Gefühl hatte, dass Jakob ein Gespräch ganz guttun würde.

»Das Zimmer, vor dem du stehen geblieben bist«, fragte Tilda, als sie wieder zu Hause waren, »lag da dein Papa?«

Jakob nickte und setzte sich dann auf den Rand des kleinen Sandkastens im Vorgarten.

»Ist er im Krankenhaus gestorben?«, fragte Tilda.

Jakob nickte wieder.

Tilda nahm neben Jakob Platz. »Warst du dabei?«

Jakob schüttelte den Kopf.

Einen Moment lang sagten die beiden nichts.

»Und seitdem gibt es auch die Kopfpiraten?«, fragte Tilda schließlich.

Jakob nickte und dachte an den Tag der Beerdigung zurück, nachdem sie vom Friedhof zurückgekommen waren und im Haus eine Trauerfeier stattgefunden hatte.

Seine Mutter weinte viel und ließ sich von Freundinnen trösten, während Jakob aus dem Fenster schaute. Es war ein stürmischer Herbsttag. Wind wirbelte buntes Laub durch die Luft. Plötzlich glaubte Jakob, zwischen den bunten Blättern einen grün gefiederten Papagei ausmachen zu können. Er blinzelte verwundert und ... tatsächlich! Störtie flog am Himmel entlang.

Jakob traute seinen Augen nicht. Er öffnete die Terrassentür und ging hinaus in den Garten.

»Bööörp!«, grüßte Störtie im Vorbeiflattern.

Ohne lange zu zögern, lief Jakob dem Papagei hinterher – durch den Garten zur Straße und dann immer weiter durch die Stadt. Bis er schließlich am menschenleeren Strand ankam, wo ihm der Wind so stark um die Ohren pfiff, dass er seinen Dreispitz festhalten musste, um ihn nicht zu verlieren.

Störtie flog aufs Meer hinaus, und Jakob wurde traurig, weil er dem Vogel dorthin nicht folgen konnte. Doch dann sah Jakob, dass Störtie ein Ziel hatte: Der Papagei hielt Kurs auf die *Bartholomäus*, die einige Hundert Meter entfernt vor Land ankerte!

Von der *Bartholomäus* machte sich ein kleines Beiboot auf den Weg in Richtung Land. Jakob hatte das Gefühl, zu träumen. Er blieb wie angewurzelt stehen und wartete, bis das hölzerne Ruderboot den Strand erreicht hatte.

Bonny ging zuerst von Bord, dann Smut. Gemeinsam stiefelten sie auf Jakob zu und lächelten ihn an.

»Bereit für ein Abenteuer, Käpt'n?«, fragte Bonny.

Jakob wusste gar nicht, wie ihm geschah. Zunächst blickte er die Piraten noch etwas ungläubig an, doch schließlich lächelte er zurück.

Am Abend saß er mit den beiden Freibeutern aus den *Ahoi, ahoi!*-Büchern zusammen im Baumhaus und unterhielt sich mit ihnen über vergangene und zukünftige Abenteuer.

»Bleibt ihr bei mir?«, fragte Jakob unsicher.

»Wenn du das willst, dann bleiben wir!«, antwortete Bonny. »Du bist der Käpt'n!«

»Ich will es«, sagte Jakob entschlossen.

»Aye, aye!«, antworteten die zwei Piraten im Chor.

»Mit wem sprichst du da?«, fragte seine Mutter verwundert, die unbemerkt ins Baumhaus geklettert war, um Jakob einen warmen Kakao zu bringen.

»Mit Bonny und Smut, das siehst du doch!«

Seine Mutter schaute ihn besorgt an, aber das war Jakob egal. Sollte sie ihn doch für verrückt halten. Er hatte jetzt neue Freunde. Besser noch: Er hatte Piratenfreunde!

»Und bleiben die jetzt für immer bei dir?«, fragte Tilda und riss Jakob damit aus seiner Erinnerung.

»Die beiden lassen mich bestimmt niemals allein«, antwortete Jakob.

»Niemals!«, bestätigte Smut.

»Aber echte Menschen schon?«, hakte Tilda nach. »So wie dein Papa?« Sie legte ihre Hand mitfühlend auf die von Jakob.

»So, genug gekuschelt!«, rief Smut. »Nichts gegen ein gutes Gespräch, aber zu offenherzig muss das hier ja jetzt auch nicht werden.«

Jakob zog seine Hand blitzschnell weg und stand auf. »Wir machen morgen weiter mit der Schatzsuche, okay?«

»Okay«, stimmte Tilda zu und nahm Jakob den Rätselspruch aus der Hand. »Den stecke ich mal lieber ein. Bevor deine Mutter ihn wieder in die Finger kriegt.«

Jakob nickte.

»Wir finden den Schatz, Jakob«, sagte Tilda noch, bevor sie sich umdrehte und nach Hause ging.

Jakob sah ihr nach. Wie sehr er hoffte, dass sie recht hatte!

* * *

Am Abend saßen Jakob und seine Mutter gemeinsam beim Abendbrot. Bonny und Smut waren ausnahmsweise nicht dabei.

»Tilda war heute bei mir in der Klinik«, sagte seine Mutter ganz beiläufig, während sie sich eine Frischkäsestulle schmierte.

Jakob versuchte, erstaunt zu gucken.

»Es war ganz komisch«, fuhr seine Mutter fort. »Sie hat gesagt, du hättest sie geschickt.«

»Kann mich gar nicht dran erinnern«, sagte Jakob.

»Versteh mich nicht falsch – ich freu mich ja, dass ihr zwei Zeit miteinander verbringt«, sagte seine Mutter, »sehr sogar. Aber ihr führt doch nichts im Schilde, oder?«

Jakob biss in eine Gewürzgurke und schüttelte energisch den Kopf.

Seine Mutter sah ihn nachdenklich an und zuckte dann mit den Schultern. »Na ja, vielleicht ist Tilda ja auch nur ein bisschen … Wie hast du sie noch gleich genannt? Banane?«

Jakob musste lachen. »Ja«, antwortete er, »hab ich. Aber eigentlich ist sie ganz okay. Sie ist mindestens Mango!«

* * *

In dieser Nacht konnte Jakob nicht schlafen. Die Ereignisse im Krankenhaus und das Gespräch mit Tilda hatten ihn ganz schön aufgewühlt. Bonny schien es ähnlich zu gehen, denn sie blickte nachdenklich in die Nacht hinaus.

»Kannst du auch nicht schlafen?«, fragte Jakob und krabbelte aus dem Bett.

Bonny schüttelte den Kopf. »Bei Vollmond nie«, sagte sie. »Außerdem musste ich heute oft an meine Familie denken. Obwohl das bestimmt nicht auf Gegenseitigkeit beruht.«

»Vermisst du sie manchmal?«, wollte Jakob wissen, der nun neben der Piratin am Fenster stand.

»Manchmal? Jeden Tag! Aber so ist das eben, wenn man sich für ein Leben in Freiheit entscheidet.«

»Wie hältst du das aus?«, fragte Jakob. »Das mit dem Vermissen, meine ich. Gibt es da einen Trick?«

»Du wirst deinen Papa immer ein wenig vermissen, Jakob. Ganz geht das nie weg. Aber es wird besser. Jeden Tag ein kleines bisschen. Und du bist nicht allein.« Bonny lächelte Jakob aufmunternd an.

Jakob nickte. »Ein Glück, dass du und Smut da seid!«

»Das stimmt«, sagte Bonny, »aber uns meinte ich eigentlich gar nicht.«

Plötzlich sah Jakob, dass gegenüber im Haus noch Licht brannte. Er griff zu seinem Fernrohr und schaute hindurch.

Tilda schien ebenfalls nicht schlafen zu können, sie lief in ihrem Zimmer auf und ab, das Schatzrätsel in der Hand.

»Was macht sie da?«

»Sie versucht, das Rätsel zu lösen«, vermutete Bonny.

Jakob setzte das Fernrohr ab. »Meinst du?«

»Ganz schön eifrig, deine Freundin!«, sagte die Piratin und zwinkerte ihm zu.

»Sie ist nicht meine Freundin!«, sagte Jakob empört. »Wir sind nur …«

»BGFs, ich weiß.«

»BGFs?«

Bonny grinste breit. »Best Geschäftspartner forever!«

KAPITEL 16

Am nächsten Tag stapften Jakob, Bonny und Smut insgesamt vier Mal zu Tilda hinüber und klingelten an ihrer Haustür, bis sie endlich aufmachte. Zwei Mal vor und zwei Mal nach dem Mittagessen.

»Wo warst du denn, Matilda?«, fragte Jakob. »Wir wollten doch auf Schatzsuche gehen.«

»Erstens«, begann Tilda, »darf ich ja wohl ein Privatleben haben, und zweitens geht dich das gar nichts an.«

»Ich kann so nicht arbeiten«, beschwerte sich Smut.

»Dafür weiß ich jetzt, wo wir nach dem vierten Hinweis suchen müssen«, sagte Tilda und zog stolz das Schatzrätsel hervor.

»Echt?«, fragte Jakob neugierig.

»Wo Menschen Seinen Worten lauschen«, las Tilda vor. »Damit sind Gottes Worte gemeint.«

»Poseidon?«, fragte Smut.

»Gottes Worte?« Jakob schaute sie verwundert an. »Wie kommst du darauf?«

»Weil man *Seinen* normalerweise klein schreibt, sagt

meine Mama. Es sei denn, man meint ...«, Tilda deutete gen Himmel, »... *Ihn*!«

»Und wo lauscht man Gottes Worten?«, fragte Bonny.

Jakob bekam große Augen. »In einer Kirche!«

* * *

Die nächste Kirche im Umkreis war die alte St.-Lorenz-Kirche, die zu Zeiten der Hanse gebaut worden war. Jakob versuchte, die große, schwere Eingangstür zu öffnen, doch sie war verschlossen. Auch Smut und Bonny rüttelten vergeblich am eisernen Türgriff.

»Lass uns einmal außen herum gehen und schauen, ob wir etwas finden«, schlug Tilda vor.

»Okay«, sagte Jakob und betrachtete eine Statue, die einige Meter neben dem Eingang der Kirche stand. Es war ein Engel, der die Hände zum Gebet gefaltet hatte.

Störtie landete auf dem Kopf der Statue und putzte sein Gefieder.

»Hast du schon mal gebetet?«, fragte Tilda.

Jakob schüttelte den Kopf. »Du?«

»Manchmal bete ich«, sagte Tilda, »vor dem Einschlafen.«

»Und was betest du dann?«, fragte Jakob.

»Dass es mir und meinen Freunden und meiner Familie

gut geht«, sagte Tilda. »Und dass ich nicht mehr so große Angst habe.«

»Vor Schiffen?«, fragte Jakob.

»Zum Beispiel.«

»Funktioniert das?«

Tilda überlegte kurz. »Ich glaube schon. Das ist ein bisschen so wie mit deinen Kopfpiraten. Wenn ich bete, spreche ich ja mit Gott, obwohl der gar nicht da ist. Also, er ist schon da, aber eben nicht sichtbar. Jedenfalls nicht für alle. Aber es fühlt sich trotzdem irgendwie normal und richtig an.«

»Aha, du hast auch einen unsichtbaren Freund!«

»Kann man so sagen.«

»Nachmacher!«, sagte Smut ärgerlich.

Sie liefen weiter um die Kirche herum. Plötzlich blieb Tilda wie angewurzelt stehen.

»Was ist los?«, fragte Jakob.

»Siehst du's nicht?« Tilda zeigte auf ein Blumenbeet.

Da entdeckte es auch Jakob: Im Blumenbeet lag ein kanonenkugelgroßer Stein, auf den ein Totenkopf gemalt war.

»Beim Neptun!«, entfuhr es Smut. »Ich habe den ersten Hinweis gefunden, Leute!«

»Was würden wir nur ohne dich machen«, sagte Bonny trocken.

Jakob ging zum Beet, bückte sich und hob den Stein auf. Während er ihn von Blumenerde befreite und hin und her drehte, stellten sich Tilda, Bonny und Smut neugierig um ihn herum. Auf der Rückseite des Totenkopfsteins stand in roten Schriftzeichen: *E10 °53'*.

»E10 Kreis 53? Was bedeutet das?«, fragte Tilda.

»E10 *Grad* 53«, erklärte Jakob. »Das ist ein Teil einer Koordinate. Das E steht für das englische Wort *East*, also *Osten*.«

»Koordi…was?«, fragte Tilda.

»Verdacht auf Quallengehirn bestätigt«, sagte Smut und bekam dafür Bonnys Ellenbogen in die Rippen gedrückt. »Aua!«

»Koordinaten«, wiederholte Jakob. »Damit kann man alle Orte auf der Welt bis auf den Zentimeter genau bestimmen. Jede Koordinate besteht aus einem Längengrad und einem Breitengrad. 10 Grad 53 muss der erste Teil des Längengrads sein, weil wir hier auf dem zehnten Längengrad liegen.«

»Das heißt«, sagte Tilda, »wenn wir noch die anderen Teile finden und die zusammensetzen, dann ...«

»... wissen wir, wo der Schatz vergraben ist.« Jakob strahlte Tilda an. »Es gibt ihn wirklich!«

* * *

Während sich die Sonne langsam auf ihren Untergang vorbereitete, machten sich die Schatzsucher auf den Weg zum alten Leuchtturm.

»Hier waren wir doch schon«, beschwerte sich Smut.

»Bööörp«, sagte Störtie.

»Ja«, stimmte Jakob den beiden zu, »aber nun wissen wir, wonach wir suchen müssen.«

Tilda hatte sich in der Zwischenzeit ein rosafarbenes Tuch um den Kopf gebunden und trug einen langen Ast als Säbel mit sich.

»Harr, harr!«, rief sie und drückte Jakob ihren Ast auf die Brust. »Ich bin Tilda die Schreckliche. Ergebt euch!«

Jakob konnte sich ein Lachen nicht verkneifen. »Ein rosa Kopftuch? Nicht sehr Angst einflößend.«

»Das ist ein Täuschungsmanöver. Damit mich der Feind unterschätzt«, konterte Tilda und schlug Jakob mit einer geschickten Bewegung seinen Säbel aus der Hand. »Siehst du?«

Sie erreichten den Eingang des Leuchtturms, vor dem dieses Mal allerdings eine schwere Kette mit Schloss hing.

»Mist!«, fluchte Jakob. »Wie sollen wir denn da jetzt reinkommen?«

Tilda schaute am Leuchtturm hinauf und entdeckte in erreichbarer Höhe ein kleines Fenster, das offen stand.

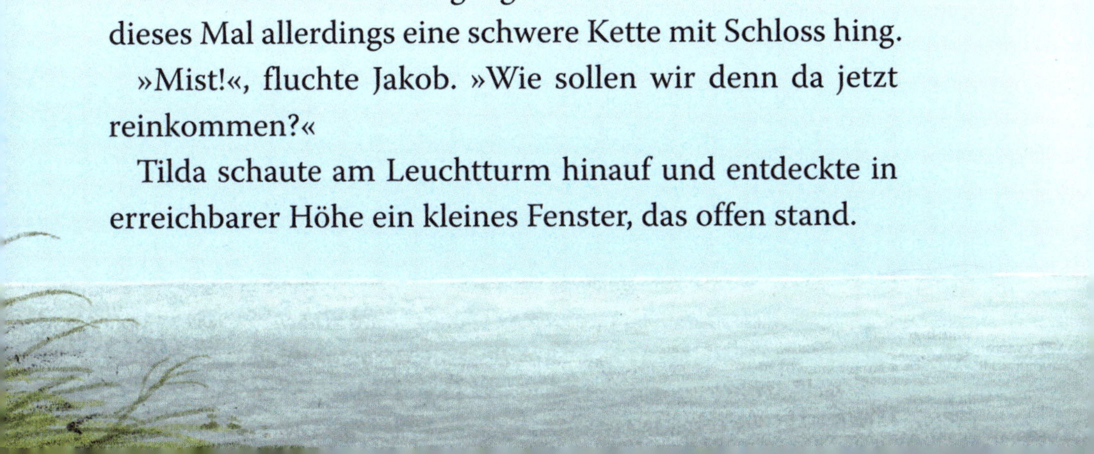

»Seeräuberleiter?«, fragte sie und grinste.

Kurz darauf schob Jakob seine Füße in Tildas Hände und kletterte mit Müh und Not durch das kleine Fenster hindurch. Störtie flog hinterher.

»Bööörp!«, hallte es aus dem Inneren des Leuchtturms.

Während sich Jakob auf die Suche nach dem zweiten Hinweis machte, warteten Tilda und die Piraten ungeduldig draußen vor der Tür.

»Kanonenangriff!«, schrie Jakob plötzlich.

Tilda und die Piraten sahen nach oben, wo Jakob sich über das Geländer der Aussichtsplattform beugte und einen weiteren Totenkopfstein hochhielt. Dann ließ er ihn neben ihnen ins Gras plumpsen.

Tilda hob den Stein auf und las vor, was darunter in blauer Schrift geschrieben stand: »N54 Grad 2.«

»Das gehört zum Breitengrad.« Jakob freute sich. »Also fehlen uns nur noch zwei Hinweise!«

KAPITEL 17

Am nächsten Vormittag waren Jakob, Tilda, Bonny, Smut und Störtie im Hafen unterwegs, um dort nach dem nächsten Hinweis zu suchen. Sie sahen ein imposantes altes Segelschiff mit drei großen Masten, das sich seinen Weg durch das Hafenbecken bahnte.

»Die *Aquarius*«, staunte Jakob. »Fährt unter deutscher Flagge. Höchstgeschwindigkeit unter Segeln: 17 Knoten. 1914 erbaut. 24 Besatzungsmitglieder. Von dem Schiff wird beim Hafenfest das Feuerwerk abgefeuert.«

»Hafenfest?«, fragte Tilda neugierig. »Cool! Gehen wir da hin?«

»Jetzt lehnt sie sich aber wirklich zu weit aus dem Bullauge«, sagte Smut.

»Also ... eigentlich«, erwiderte Jakob, »gehen Geschäftspartner nicht zusammen aufs Hafenfest.«

»Und uneigentlich?«, fragte Tilda.

Während Jakob überlegte, wie er eine Antwort am besten umschiffen konnte, entdeckte Tilda den alten Fischkutterkapitän, der auf einer Bank saß, sich die Sonne ins Gesicht scheinen ließ und genüsslich an seiner Pfeife kaute.

»Da ist ja Graubart!«, rief Tilda. »Los, komm.«

Jakob hatte keine Ahnung, was Tilda von seinem Erzfeind wollte. Doch sie war schon davongestürmt, darum blieb Bonny, Smut und ihm nichts anders übrig, als ihr hinterherzueilen.

»Moin, Graubart«, begrüßte Tilda den Kutterkapitän. »Wir sind auf der Suche nach einem Stein. Etwa so groß wie eine Kanonenkugel und mit einem Totenkopf drauf. Hast du so einen zufällig schon mal gesehen?«

»Hab ich«, sagte Graubart.

Jakob zog überrascht die Augenbrauen hoch. »Echt?«

»Echt. Und zwar drüben auf ...«

»... Klein Bermuda?«, fragte Jakob.

Graubart nickte. »Es war an einem frühen Morgen, die

Sonne war gerade erst aufgegangen. Dichter Nebel hing über den Docks, sodass man kaum seine Hand vor Augen erkennen konnte. Die See war ruhig. Als ich mich mit meinem Kutter auf den …«

Doch Jakob war viel zu aufgeregt, um sich die ganze Geschichte anzuhören, und unterbrach ihn. »Dafür haben wir jetzt keine Zeit! Wo genau hast du den Stein gesehen?«

* * *

Die erneute Bootsfahrt nach Klein Bermuda war für Tilda nicht weniger schlimm als die erste. Wieder saß sie ängstlich auf dem Boden der kleinen Fähre und betete, dass sie nicht unterging: »Lieber Gott, bitte lass das Boot nicht sinken. Und falls doch, bitte lass es in flachem Wasser sein!«

Sobald die Schatzsucher wieder festen Boden unter den Füßen hatten, folgten sie Graubarts Anweisungen. Vom Ende des Stegs sollten sie 39 ausgewachsene Schritte in Richtung Nordwesten über den Strand zurücklegen, sich dann um 45 Grad nach Osten drehen, weitere 26 ausgewachsene Schritte gehen, sich nach Süden wenden und 12 Trippelschritte machen.

»Und eine Rolle vorwärts!«, sagte Jakob.

Als Smut daraufhin wirklich eine Rolle machte, hielt sich Bonny vor Lachen den Bauch. »Ich glaube, das war ein Scherz, Smut.«

Es war Jakob, der den dritten Hinweis entdeckte: Der Totenkopfstein lag gut sichtbar in einem alten Strandkorb vor ihnen. »Nummer drei! Graubart hatte recht«, sagte er.

»Wir müssen letztes Mal echt Tomaten auf dem Auge gehabt haben«, stellte Smut ungewohnt selbstkritisch fest.

* * *

Mit dem dritten Hinweis im Gepäck, nämlich der – in Blau auf den Stein geschriebenen – zweiten Hälfte des Breitengrades, kehrten sie aufs Festland zurück. Den letzten Hinweis zu finden, würde am schwierigsten werden, da waren sich alle einig. Schließlich vermuteten sie den vierten Totenkopfstein nach wie vor irgendwo im Hafen –

und der war nicht gerade klein. Erschwert wurde ihre Suche dadurch, dass die Vorbereitungen für das Hafenfest auf Hochtouren liefen. Bierzelte, Imbissbuden, Karussells und andere Attraktionen wurden aufgebaut, mit denen sich das Publikum am Wochenende die Zeit vertreiben sollte.

»Und was ist, wenn inzwischen jemand anderes den letzten Stein gefunden hat?«, fragte Jakob besorgt.

»Glaub ich nicht, damit weiß doch niemand etwas anzufangen«, beruhigte ihn Tilda. »Wir finden den Piratenstein schon noch. Bis jetzt lief ja alles wie geschmiert.«

»Das stimmt«, sagte Jakob.

»Siehst du! Jetzt bist du sicher froh, dass ich dir helfe, oder?«, fragte Tilda lächelnd.

»Niemals!«, antwortete Jakob grinsend und gab Tilda einen Schubser in Richtung Hafenbecken.

Es hatte eigentlich nur ein freundschaftlicher Knuff sein sollen, doch Tilda verlor kurz das Gleichgewicht und musste sich an einem Pfeiler festhalten, um nicht ins Wasser zu fallen.

»He, bist du verrückt!«, rief sie wütend. »Ich wäre da fast reingefallen!«

»Tut mir leid, ich wollte dich nicht ins Wasser stoßen«, sagte Jakob und wunderte sich über Tildas übertriebene Reaktion. »Warum bist du denn so sauer? Es ist doch gar nichts passiert. Kannst du etwa nicht schwimmen?«

Tilda schaute zu Boden.

»Du kannst wirklich nicht schwimmen! Deshalb magst du auch keine Schiffe.« Jetzt wurde Jakob so einiges klar.

»Und die will Piratin sein?«, sagte Smut hämisch.

»Warum kannst du denn nicht schwimmen?«, wollte Jakob wissen.

»Na, weil ich eben Angst vor Wasser habe«, murmelte Tilda. »Und erst recht vor dem Meer. Das ist tief und dunkel, und man weiß nie, was unter einem rumtreibt.«

Jakob grinste. »Killer-Seepferdchen und Monster-Makrelen und …«

»Du bist gemein!« Wütend rannte Tilda davon.

Bonny blickte Jakob streng an.

»Warte! Ich wollte mich nicht über dich lustig machen«, rief Jakob und lief ihr hinterher. »Tilda, bleib stehen.«

Tilda drehte sich verblüfft um. »Du hast mich Tilda genannt!«

»Hab ich das?«, fragte Jakob. »Aus Versehen vielleicht.«

Die beiden lächelten sich etwas verlegen an.

Da fiel Jakob plötzlich auf, dass direkt neben ihnen die *Aquarius* im Wasser lag. Die Besatzung des Dreimasters schien nicht an Bord zu sein, zumindest war niemand an Deck zu sehen.

»Hältst du Wache?«, fragte Jakob und setzte einen Fuß auf die Rampe, die auf das Schiff führte.

»Wache?« Tilda wurde nervös.

»Vielleicht ist der letzte Hinweis ja auf dem Schiff versteckt«, sagte Jakob.

»Quatsch«, erwiderte Tilda. »Wie sollte der denn da hingekommen sein? Und man darf bestimmt nicht einfach so auf das Schiff drauf.«

»Jetzt sei keine Spielverderberin. Ich will mich nur mal kurz umsehen.« Jakob schob seinen Dreispitz zurecht und lief mutig über die Rampe. Eigentlich glaubte er selbst nicht daran, auf der *Aquarius* das letzte fehlende Stück der Koordinate zu finden. Aber es war eine einmalige

Gelegenheit, dieses tolle Segelschiff genauer unter die Lupe zu nehmen.

Unsicher blickte Tilda sich um. Zum Glück war niemand in Sicht. Die Überwachungskamera, die zwei Meter oberhalb ihres Kopfes an einer Laterne angebracht war, bemerkte sie allerdings nicht.

Die Kamera übertrug das Bild von Jakob, der an Bord der *Aquarius* lief, direkt in das kleine Büro von Hafenmeister Hinnerksen. Vor Entsetzen spuckte Hinnerksen glatt seinen Kaffee wieder zurück in die Tasse und machte sich wütend auf den Weg.

Davon ahnte Jakob natürlich nichts, als er mit großen Augen über das Deck des Segelschiffes schlich. Die *Aquarius* war wirklich beeindruckend, ihre Masten ragten scheinbar unendlich hoch in den Himmel. Irgendwann, dachte Jakob, würde er auch ein Schiff wie dieses kommandieren.

Er entdeckte eine riesige hölzerne Kiste, auf der in Großbuchstaben das Wort *EXPLOSIV* stand und die interessant zu sein schien. Doch im gleichen Augenblick hörte er von Land Tildas Stimme: »Fischers Fritze fischt frische Fische! Fischers Fritze fischt frische Fische!«

Jakob warf einen Blick über die Reling und sah Tilda, die wild gestikulierend das Dock hinauf zeigte.

In der Ferne stürmte der Hafenmeister auf die *Aquarius* zu.

Schiet, dachte Jakob, bevor er seine Beine in die Hand nahm und von Bord düste.

KAPITEL 18

»Los, nichts wie weg!«, rief Jakob, als er bei Tilda ankam.

Und dann rannten sie, so schnell sie nur konnten, davon.

Tilda warf einen Blick über die Schulter: Hinnerk Hinnerksen war ihnen dicht auf den Fersen.

»Bootsfriedensbruch! Unerlaubtes Rennen auf dem Hafengelände! Missachtung von Autoritäten!«, schrie der Hafenmeister atemlos. Scheinbar hatte er größte Mühe, mit ihnen mitzuhalten. »Sofort stehen bleiben, alle beide!«

Doch weder Jakob noch Tilda dachten daran, Hinnerksens Befehl zu folgen. Im Zickzack sprinteten sie zwischen Buden und Karussells hindurch, die schon für das Hafenfest aufgebaut waren und ihnen guten Sichtschutz boten.

Obwohl sich der Abstand zu ihrem Verfolger stetig vergrößerte, kam Jakob eine Idee, als sie an einem mit hölzernen Bierfässern beladenen Laster vorbeiliefen. Er kletterte hinauf, löste die Sicherung, mit der die Fässer befestigt waren, und ließ sie über die Rampe des Lasters hinunterrollen – direkt vor Hinnerksens Füße.

Vor Schreck verlor der Hafenmeister das Gleichgewicht, geriet ins Stolpern und fiel bäuchlings auf eines der Fässer.

Jakob ahnte, dass sie den Hafenmeister damit trotzdem noch nicht endgültig abgehängt hatten. Er sprang vom Laster und eilte Tilda hinterher.

»Da!«, keuchte Tilda und deutete auf eine aufgeblasene Hüpfburg in Form eines Piratenschiffes. Entschlossen steuerte sie auf die Burg zu, und Jakob folgte ihr.

Nur wenige Sekunden später hockten die beiden nebeneinander in der Hüpfburg und hofften, dass der Hafenmeister sie hier nicht finden würde.

»Wenn ich euch erwische«, ertönte Hinnerksens Stimme kurz darauf. »Das wird Konsequenzen haben!« Der Hafenmeister wetterte noch weiter, doch seine

Stimme wurde immer leiser, bis sie schließlich gar nicht mehr zu hören war.

Jakob sah Tilda erleichtert an, obwohl er wusste, dass die Sache damit ganz sicher noch nicht erledigt war.

»Das war knapp«, urteilte Tilda. »Was ist mit Bonny und Smut? Konnten die auch fliehen?«

Jakob rückte seinen Dreispitz zurecht und schaute sich um, aber zu seiner großen Überraschung konnte er weder Bonny noch Smut entdecken. Er überlegte, wann er sie das letzte Mal gesehen hatte. Schon an Bord der *Aquarius* hatten sie ihn nicht mehr begleitet. »Die waren gar nicht dabei.«

* * *

Für heute legten Jakob und Tilda die Suche nach dem letzten Totenkopfstein auf Eis und machten sich auf den Heimweg. Wahrscheinlich lauerte Hinnerksen ihnen irgendwo im Hafen auf, und die beiden hatten keine Lust, ihm noch einmal zu begegnen.

Jakob verabschiedete sich am Gartentor von Tilda und kletterte dann in sein Baumhaus hinauf.

Kurz darauf kam es zur Krisensitzung, denn Bonny und Smut waren zurück.

Während Bonny nervös auf und ab lief und Smut erzürnt die Arme vor der breiten Brust verschränkte, versuchte Jakob, seine Freunde zu beschwichtigen: »Ihr dürft das nicht überbewerten, Leute! Das hat überhaupt nichts zu bedeuten.«

»Das sagst du jetzt«, entgegnete Bonny. »Aber was, wenn das nur der Anfang war? Wenn wir einfach so ersetzt werden?«

»Der Käpt'n denkt wohl, er könne das Schiff alleine schaukeln«, murrte Smut eingeschnappt. »Aus dem Auge, aus dem Sinn.«

»Hier wird niemand ersetzt«, sagte Jakob mit Nachdruck. »Es war keine Absicht, dass ihr vorhin nicht dabei wart. Ihr müsst euch wirklich keinen Kopf machen.«

»Daran ist nur diese verfluchte Landratte schuld«, schimpfte Smut. »Ich hab's ja die ganze Zeit …«

Plötzlich waren draußen im Garten Stimmen zu hören, und Jakob spähte durch sein kleines Baumhausfenster.

»Mir ist da wirklich die Hand gebunden, Frau Olschewski. Regeln sind Regeln«, sagte der Hafenmeister aufgebracht.

»Er macht im Moment eine schwierige Phase durch«, antwortete Jakobs Mutter, die gerade mit Hinnerksen aus dem Haus kam. »Aber ich habe wirklich das Gefühl, dass es langsam besser wird.«

»Das Gefühl täuscht. Wenn der Junge sich nicht benehmen kann, dann muss er sich eben eine andere Bühne für seine Freibeuter-Flausen suchen. In meinem Hafen will ich ihn jedenfalls nicht mehr sehen!« Hinnerksen zog ein Blatt Papier aus seiner Jacke hervor und hielt es Jakobs Mutter unter die Nase.

Jakob griff nach seinem Fernrohr und richtete es zielsicher auf das Blatt in Hinnerksens Händen. Erschrocken stellte er fest, dass es sich um einen Steckbrief handelte, der sein Gesicht in Großaufnahme zeigte. Darunter war zu lesen: *HAFENVERBOOT! EINE GEFAHR FÜR SICH UND ANDERE!*

* * *

Trotz des Hafenverbots machten Jakob, Tilda und die Piraten sich am nächsten Tag natürlich wieder auf die Suche nach dem letzten Totenkopfstein.

Sicherheitshalber war Jakob mit großer Sonnenbrille, Schirmmütze und angeklebtem Spitzbart unterwegs. Bonny hatte sich als Tarnung einen Schönheitsfleck ins Gesicht gemalt, Smut trug Dauerwelle und Störtie einen kleinen Zylinder auf dem Kopf.

Nur Tilda hatte sich nicht verkleidet und betrachtete Jakob skeptisch. »Ich weiß nicht, ob du mit diesem Outfit *weniger* auffällst!«

»Solange ich nicht wie *dieser* Typ aussehe!«, erwiderte

Jakob und schnappte sich einen der Steckbriefe, die überall auf dem Hafengelände hingen.

Die Schatzsucher erreichten bald darauf die Hafenpromenade.

»Ich sehe was, was du nicht siehst, und das ist grau«, sagte Tilda.

»Smuts Gesichtsfarbe!«, vermutete Bonny.

»Der Boden?«, fragte Jakob.

Doch Tilda schüttelte den Kopf.

»Die Wolken am Himmel? Die Klinge meines Säbels? Die dreckige Möwe dahinten?«

»Nein, nein und nochmals nein«, antwortete Tilda. Sie seufzte und drehte Jakob etwas nach links, sodass er di-

rekt auf den Promenadenbrunnen blickte. »Siehst du's jetzt?«

»Der Brunnen?«, fragte Jakob.

»Fast! Schau genauer hin.«

Und dann entdeckte Jakob ihn: Auf der Spitze des Promenadenbrunnens lag der letzte Totenkopfstein!

Genau in dem Moment näherte sich Hinnerk Hinnerksen dem Brunnen, hob den Totenkopfstein hoch und inspizierte ihn.

»Nein!«, rief Jakob panisch. »Das kann doch nicht wahr sein!«

Jakob, Tilda, Bonny und Smut beobachteten entsetzt, wie der Hafenmeister mit dem Totenkopfstein unter dem Arm davonlief. Sie verfolgten ihn in einigem Abstand, bis Hinnerksen schließlich in seinem Bürohäuschen verschwand.

»Dieser Polleraffe!«, fluchte Smut. »Das war's dann wohl mit der Schatzsuche.«

»Bööörp«, schnatterte Störtie enttäuscht.

Doch Jakob hatte schon eine Idee, wie er trotzdem an den letzten Hinweis herankommen würde.

Er steuerte auf einen Obststand auf der Promenade zu, drängelte sich in der langen Schlange vor, streckte der Verkäuferin seine mit Kleingeld gefüllte Hand entgegen und fragte: »Wie viele Orangen bekomme ich hierfür?«

»Zwei«, antwortete die Verkäuferin schmunzelnd. »Und eine aufs Haus, wenn du dich beim nächsten Mal anstellst.«

»Deal!«, freute sich Jakob und eilte mit seinen drei Orangen zu Tilda und den Piraten zurück, die hinter einer Hecke in Deckung gegangen waren.

»Drei Versuche?«, fragte Tilda.

Jakob nickte.

Daraufhin begab sich Tilda auf ihre Position, einige Meter von Hinnerksens kleinem Bürohäuschen entfernt.

»Du schaffst das«, feuerte Smut seinen Käpt'n an.

Jakob holte aus und versuchte, die Überwachungskamera, die das Büro des Hafenmeisters filmte, mit einer Orange zu treffen.

Doch er warf daneben.

»Verdammt, das war superknapp«, sagte Bonny. »Los, nächster Versuch!«

Leider ging auch der nächste Versuch daneben, sogar deutlich!

Jakob konzentrierte sich, holte erneut aus, warf …

… und traf dieses Mal tatsächlich die Kamera, sodass sie nun nicht mehr das Bürohäuschen von Hinnerksen filmte, sondern direkt in eine Baumkrone hinein gerichtet war.

»Treffer versenkt!« Jakob machte vor Freude einen Hüpfer. Dann rief er mit verstellter Stimme, so laut er konnte:

»Randale am Promenadenbrunnen! Graffiti! Sachbeschädigung! Laute Musik! Unerhört!«

Prompt kam Hinnerk Hinnerksen aus seinem Büro geschossen. »Randale?«, fragte er und marschierte schnurstracks in Richtung Promenadenbrunnen.

Tilda nutzte die Chance: Sie verließ ihr Versteck, stürmte auf das Bürohäuschen zu und erreichte die Tür gerade noch, bevor sie zufallen konnte. Jakob beobachte gespannt, wie Tilda im Häuschen verschwand, kurz darauf wieder herauskam und auf ihn zurannte.

»Du hast den Stein!«, jubelte Jakob, als sie wieder bei ihm war.

Tilda nickte, außer Atem, aber glücklich.

Die Schatzsucher schauten sich an.

»Leute«, sagte Jakob aufgeregt, »die Koordinaten sind vollständig!«

* * *

Jakob, Tilda, Bonny und Smut waren so schnell wie möglich nach Hause geeilt und standen aufgeregt um den Küchentisch herum.

Jakob klappte den Laptop seiner Mutter auf. Das Passwort lautete *BarTholoMäuS2009*. Dann öffnete er eine Landkarten-Website und gab dort die Koordinaten ein, die sie nun zusammensetzen konnten. Zuerst tippte er den Breitengrad ein, der in Blau auf den Steinen stand: *N54°2'31.404*. Dann den in Rot geschriebenen Längengrad: *E10°53'23.429*.

Jakob legte seinen Zeigefinger vorsichtig auf die Enter-Taste und blickte zu Tilda, die ihm auffordernd zunickte.

Er drückte die Taste.

Auf dem Bildschirm erschien der exakte Ort, an dem ihr Schatz vergraben war.

»Der Schatz ist …«, begann Jakob ungläubig, »… hier!«

»Hier?«, riefen Bonny und Smut im Chor.

»Bööörp?«, wunderte sich auch Störtie.

»Ja, hier!«, sagte Jakob noch einmal. »Im Vorgarten.«

Er sprang auf und rannte nach draußen. Tilda, Bonny, Smut und Störtie folgten ihm.

»Der Sandkasten!«, rief Tilda.

Na klar, dachte Jakob. Warum war er darauf nicht schon viel früher gekommen? Er kniete sich in den Sand und begann zu buddeln. Es dauerte nicht lang, dann hielt er eine kleine Holzkiste in den Händen.

»Der Schatz!« Smut hatte Tränen in den Augen.

Wie sehr Jakob sich diesen Moment herbeigesehnt hatte. Wie sehr er gehofft hatte, einen Schatz zu finden.

»Danke, Papa«, flüsterte er leise.

Zitternd öffnete er die kleine Kiste und zog behutsam ein Stück Papier heraus. Da war es also: das letzte Kapitel aus *Im Auge des Sturms*.

ALTE FEINDE, NEUE FREUNDE

»So wird diese Geschichte nicht enden!«, rief Käpt'n Jakobson. »Klar zur Wende!«

Smut sah seinen Käpt'n verständnislos an. »Wir können doch jetzt nicht zurück!«

»Und ob wir das können!«, sagte der mutige junge Freibeuter und blickte erneut durch sein Fernrohr. »Wenn wir jetzt nicht umkehren, wird niemand überleben.«

»Geschieht ihnen recht!«, brummte Smut.

Nein, dachte der Käpt'n. Er war ein guter Pirat. Und ein guter Pirat würde sein eigenes Leben riskieren, um das seiner Feinde zu retten!

Also drehte Bonny am Steuerrad und lenkte die *Bartholomäus* zurück in Richtung des dänischen Schiffes, von dem inzwischen nur noch die Bugspitze zu sehen war. »Aye, aye!«

Störtie saß auf dem Kopf seines Frauchens und krallte sich an deren Kopftuch fest.

Anstatt den Sturm hinter sich zu lassen, fuhr die Bartholomäus nun also wieder tiefer hinein. Bonny steuerte das alte Schiff durch riesige Wellen hindurch, von denen nicht wenige über die Reling traten und das Deck der *Bartholomäus* mit Meerwasser überspülten. Doch die *Bartholomäus* hielt dem Sturm stand und erreichte schließlich ihr Ziel.

Keine Minute zu früh.

Das Schiff des Feindes war gerade vollständig untergegangen. Auf dem Wasser trieben Mitglieder der Besatzung, die sich an Pulverfässern und losen Planken festhielten, um nicht zu ertrinken.

Käpt'n Jakobson ließ Strickleitern von der Reling ins Wasser hinab, und die Männer des feindlichen Schiffes kletterten einer nach dem anderen an Deck der *Bartholomäus*.

Weder Käpt'n Jakobson noch Bonny oder Smut bekamen mit, dass auch der Dreiäugige Däne an Bord gekommen war. Er hatte seinen triefend nassen Dreispitz tief ins Gesicht gezogen, stand unerkannt zwischen seinen Männern und wartete auf eine günstige Gelegenheit, um zuzuschlagen.

Käpt'n Jakobson griff nach seinem Fernrohr, weil er nach seinem großen Widersacher Ausschau halten wollte, von dem er annahm, er würde noch auf dem Meer treiben.

Genau in dem Augenblick zückte der Dreiäugige Däne seinen Säbel und stürmte auf ihn zu.

»Du hast dein letztes Kommando gegeben!«, rief er und schwang den Säbel.

Käpt'n Jakobson konnte den Hieb in letzter Sekunde mit seinem Fernrohr abwehren.

Während der Sturm die *Bartholomäus* weiterhin fest im Griff hatte und der Regen in Strömen vom Himmel prasselte, lieferten sich die beiden Freibeuter ein erbittertes, aber ungerechtes Duell: Käpt'n Jakobson trug seinen Säbel nicht am Körper und musste sein Fernrohr als Waffe benutzen. Doch weil er schlauer und flinker

war als sein Widersacher, hielt er den Dreiäugigen Dänen trotzdem lange Zeit in Schach.

Bonny übergab Smut das Steuerrad und eilte übers Deck, um ihrem Käpt'n eine anständige Waffe zu bringen. Aber es war zu spät. Der junge Pirat war gerade auf den nassen Planken ausgerutscht und zu Boden gegangen.

»Das ist dein Ende!«, rief der Dreiäugige Däne hämisch und hielt Käpt'n Jakobson die Klinge seines Säbels an die Kehle.

»Falsch!«, raunte plötzlich eine Stimme hinter ihm. »Es ist *dein* Ende!«

Der Dreiäugige Däne blickte über seine Schulter und sah ein Dutzend Säbel, die auf ihn zeigten. Seine Mannschaft hatte sich gegen ihn gewandt und sich auf die Seite ihres Retters geschlagen.

»Meuterei? Was fällt euch dreckigem Piratengesocks ein!«, fluchte der Dreiäugige Däne.

Doch da packten sie ihn auch schon am Kragen, setzten ihn mit gefesselten Händen in ein Rettungsboot, das sie hinab ins Wasser ließen, und übergaben sein Schicksal den Wellen.

Käpt'n Jakobson konnte es kaum glauben: Die Mannschaft seines größten Feindes hatte ihm das Leben gerettet! Er erhob sich und nickte den Männern dankbar zu.

Die nickten dankbar zurück.

Nachdem der Sturm überwunden war, steuerte die *Bartholomäus* den nächsten Hafen an. Dort sollten die geretteten Piraten von Bord gehen, bevor Käpt'n Jakobson, Bonny und Smut allein weiterreisen würden. Doch eine Handvoll Männer blieb auf dem Schiff.

»Erlaubnis, an Bord bleiben zu dürfen, Käpt'n?«, fragte einer von ihnen.

Der Käpt'n war erstaunt.

»Wir haben kein Schiff mehr, und, nun ja, hier gefällt es uns recht gut«, fuhr der Freibeuter fort.

Käpt'n Jakobson warf Bonny und Smut einen fragenden Blick zu, und sie nickten zustimmend. Die beiden hatten sich inzwischen mit den Geretteten (oder »Gefangenen«, wie Smut sie zunächst genannt hatte) angefreundet.

»Erlaubnis erteilt«, sagte Käpt'n Jakobson, der auch nichts gegen ein bisschen mehr Trubel an Bord einzuwenden hatte. Zur Begrüßung gab er den neuen Besatzungsmitgliedern die Hand.

Später, als die *Bartholomäus* wieder ausgelaufen war, stand Käpt'n Jakobson gemeinsam mit seinen Kopfpiraten am Steuerrad und lenkte das Schiff in den Sonnenuntergang hinein.

»Ich mag die Neuen«, erklärte Bonny, »besonders den Dicken ohne Zähne.«

»Die geben uns noch mehr PS«, sagte Smut und grinste. »Piratenstärke!«

Käpt'n Jakobson lächelte zufrieden. Sie hatten nicht nur dem Sturm getrotzt und den Dreiäugigen Dänen besiegt, sondern auch neue Freunde gefunden, mit denen sie bestimmt große Abenteuer erleben würden.

Und niemand würde sie aufhalten.

KAPITEL 20

»Na?«, fragte Tilda neugierig. »Ist es so, wie du es dir vorgestellt hast?«

Jakob nickte. Er stand noch immer mit Tilda im Vorgarten. Bonny und Smut waren verschwunden.

»Ist es okay, wenn ich damit einen Moment allein sein will?«, fragte er.

»Klar«, antwortete Tilda. Sie konnte das gut verstehen.

»Danke!«, rief Jakob, als Tilda schon durch die Gartenpforte gegangen war. »Für alles. Ohne dich … na, du weißt schon.«

Tilda drehte sich noch einmal um. »Dafür sind Geschäftspartner doch da«, sagte sie mit einem Augenzwinkern.

* * *

»Ich will mit Tilda am Wochenende aufs Hafenfest gehen«, sagte Jakob am Abend zu seiner Mutter, die auf der Couch im Wohnzimmer lag und ein Buch las. Er hatte seinen Pyjama schon angezogen und war auf dem Weg ins Bett.

»Das wird bestimmt nett«, antwortete seine Mutter erfreut. »Du hast zwar eigentlich Hafenverbot, aber ich werde Herrn Hinnerksen anrufen und ein gutes Wort für dich einlegen.«

»Super!«, sagte Jakob. »Vielleicht können wir ja alle zusammen das Feuerwerk anschauen?«

»Meinst du mich?« Seine Mutter blickte sich verwundert um, als ob dort noch jemand stehen würde. »Oder redest du mit Bonny und Smut?«

»Ich meine dich.« Jakob lachte. »Gute Nacht, Mama!« Dann gab er ihr einen Kuss und lief hoch in sein Zimmer.

Obwohl er sich direkt unter seine Decke kuschelte, war für Jakob an Schlaf natürlich nicht zu denken. Wieder und wieder las er die auf der Schreibmaschine getippten Seiten, und er wurde mit jedem Mal glücklicher und zufriedener. Das Ende der Geschichte war perfekt.

Es dauerte noch eine ganze Weile, bis er das letzte Kapitel auf seinen Nachttisch legte und das Licht ausknipste. Und seine Gedanken kreisten weiter um die Schatzsuche und um Tilda, seinen Vater und seine Piratenfreunde.

Doch plötzlich schreckte Jakob hoch, knipste das Licht noch einmal an und griff nach den Schreibmaschinenbögen.

»Was ist passiert, Käpt'n?«, fragte Bonny, die jetzt auf seiner Bettkante saß.

Jakob las ihr einen Satz vor: »*Später, als die* Bartholomäus *wieder ausgelaufen war, stand Käpt'n Jakobson gemeinsam mit seinen Kopfpiraten am Steuerrad und lenkte das Schiff in den Sonnenuntergang hinein.*«

»Etwas kitschig, stimmt«, sagte Smut, der nun auch im Zimmer aufgetaucht war.

»*Kopfpiraten*«, wiederholte Jakob. »So hat euch mein Papa nie genannt! So nennt euch nur …«

»Beim Neptun!«, rief Smut. »Ich hab's gewusst.«

* * *

Die Sonne war noch nicht ganz aufgegangen, und Tilda schlummerte friedlich, als jemand Sturm klingelte. Sie rieb sich verschlafen die Augen und warf einen Blick aus dem Fenster. Vor der Haustür stand Jakob. Er hatte Bonny und Smut im Schlepptau, die Tilda aber natürlich nicht sehen konnte. Sofort sprang sie aus dem Bett.

»Ist für mich«, sagte sie, als sie auf dem Weg nach unten

ihren Eltern begegnete, die ebenfalls aus dem Schlaf gerissen worden waren.

Kaum hatte Tilda die Tür geöffnet, legte Jakob auch schon los: »Du warst das mit den Totenkopfsteinen! Du hast dir das mit den Koordinaten überlegt! Und du hast auch das letzte Kapitel geschrieben!«

Tilda schwieg einen Moment. »Aber nur, weil ich dir helfen wollte«, sagte sie schließlich kleinlaut.

»Leck mich am Barsch!«, kommentierte Smut. »Sie gibt es sogar zu.«

»Bööörp«, machte Störtie empört.

»Wie konntest du das tun?«, fragte Jakob verzweifelt. »Ich hab wirklich geglaubt, dass mir mein Vater das Ende des Buches vergraben hat! Aber meine Mutter hatte recht: Es gibt überhaupt keinen Schatz.«

»Wir dachten, du freust dich, wenn du das letzte Kapitel findest«, erklärte Tilda unglücklich.

»Wir?«, wunderte sich Bonny.

»Wir?«, wiederholte Jakob.

»Graubart hat mir geholfen.«

Jakob und seinen Piratenfreunden standen vor Entsetzen die Münder offen, und Störtie der Schnabel.

»Er ist eigentlich ganz nett!«, fügte Tilda hinzu.

Jakob zog die Schreibmaschinenbögen, die Tilda mithilfe seines Erzfeindes geschrieben hatte, unter seinem

T-Shirt hervor, zerriss sie und warf sie auf den Boden. »Da hast du deinen Schatz!« Wütend lief er zurück über die Straße.

Bonny und Smut stapften hinterher, und auch Störtie flatterte aufgeregt davon.

Tilda rannte Jakob nach. »Warte! Ich dachte doch nur … Wenn du wirklich den Schatz von deinem Papa findest, dann geht es dir bestimmt besser, und dann willst du vielleicht nicht mehr alleine sein. Und dann wären wir *beide* nicht mehr alleine.«

Kurz vor seiner Haustür blieb Jakob stehen und drehte sich zu Tilda um. »ICH – BIN – NICHT – ALLEIN«, schrie er. »Wann kapiert ihr das endlich alle?«

»Es tut mir leid«, sagte Tilda. »Ich wollte doch nur deine Freundin sein.«

Aber Jakob schlug ihr einfach die Tür vor der Nase zu.

Im Flur zog sich seine Mutter gerade die Jacke an, um sich auf den Weg zur Arbeit zu machen, und sah ihn völlig überrascht an.

»Ist was passiert?«, fragte sie erschrocken. »Warum bist du denn so früh schon auf den Beinen? Warst du drüben bei Tilda?«

Jakob antwortete nicht, sondern verschwand ins Wohnzimmer.

»Hey, warte!« Seine Mutter folgte ihm. »Ich wollte noch mal mit dir über das Hafenfest sprechen. Ich habe Hinnerksen wegen des Hafenverbots gestern Abend nicht mehr erreicht. Wenn wir morgen mit Tilda …«

Jakob blieb stehen. »Ich will nicht mehr mit Tilda auf das Fest gehen. Ich will, dass sie mich in Ruhe lässt. Ihr sollt mich *alle* in Ruhe lassen!«

»Ach, Jakob, so läuft das in der echten Welt nicht.« Seine Mutter seufzte.

»Die echte Welt ist scheiße!«, schrie Jakob. »In der echten Welt, da sterben Leute und lassen dich für immer allein. In der echten Welt musst du gute Noten haben und dich an doofe Regeln halten. Und in der echten Welt will jemand deine Freundin sein – und dann lügt sie dich an!«

Jakob schossen Tränen in die Augen. Bevor sie ihm übers Gesicht laufen konnten, eilte er die Treppe nach oben in sein Zimmer, wo er sich aufs Bett schmiss und den Kopf in seinem Kissen vergrub.

Smut setzte sich vorsichtig auf die Bettkante, doch selbst dem schlagfertigen Seebären fehlten die Worte.

Schlimmer hätte es kaum kommen können.

KAPITEL 21

Jakob hatte sich in sein Baumhaus zurückgezogen und lief darin auf und ab, während Bonny und Smut ihn erwartungsvoll beobachteten. Warum wussten alle immer ganz genau, was ihm helfen würde? Und wieso wollten sie ihm überhaupt helfen? Er kam sehr gut alleine zurecht und brauchte niemand anderen als seine Piratenfreunde.

»So läuft das in der echten Welt nicht«, machte Jakob seine Mutter nach. »Such keinen Schatz.« Und dann sagte er mit genauso tiefer Stimme wie Hinnerksen: »Fahr nicht auf die Ostsee hinaus. Halte dich an die Regeln.«

Jakob blieb stehen und wandte sich Bonny und Smut zu. »Ich bin ein Pirat! Für mich gelten keine Regeln.«

»Vollkommen richtig«, sagte Smut. »Ich sag's ja: Piraten wie wir sind für ein spießiges Leben an Land nicht gemacht.«

Doch Bonny war anderer Meinung. »Ich weiß ja nicht, Käpt'n«, begann sie nachdenklich. »Vielleicht haben wir vorhin ja doch ein kleines bisschen überreagiert?«

»Überreagiert?«, fragte Jakob verwundert.

»Da hat sich wohl der Fehlerteufelsrochen eingeschlichen«, raunte Smut. »Bonny meinte bestimmt *unterreagiert.*«

»Nein, meinte ich nicht«, sagte Bonny, woraufhin Störtie entsetzt von ihrer Schulter abhob und auf Smuts Schulter Platz nahm. »Niemand ist perfekt. Wir sind es nicht und Tilda eben auch nicht. Was sie getan hat, war falsch. Aber sie hat es ja nur gut gemeint.«

»Du kannst es dir vielleicht leisten, ein Auge zuzudrücken, Bonny«, sagte Smut, »aber ich kann das nicht!«

Jakob und Smut sahen Bonny mit ernster Miene an und warteten auf eine Reaktion.

Bonny zögerte einen Moment lang, dann sagte sie leise: »Ihr habt recht.«

Daraufhin nickten Jakob und Smut zufrieden, und Störtie flog zurück auf die Schulter seines Steuerfrauchens.

»Kameraden, es ist an der Zeit!« Jakob holte die Piratenflagge ein, die am Baumhaus hing. »Wenn sie das Abenteuer nicht zu uns lassen, dann müssen wir uns das Abenteuer eben woanders suchen. Lasst uns das letzte Kapitel heute Nacht selber schreiben!«

* * *

Der Mond stand hell am Himmel, als Käpt'n Jakobson, Bonny und Smut über das Hafengelände schlichen. Mithilfe von orangefarbenen Südseefrüchten, die sie auf ihrer letzten Kaperfahrt erbeutet hatten, setzte der Käpt'n einige merkwürdige, hochgewachsene Gerätschaften außer Gefecht, die wie etwas aus der fernen Zukunft anmuteten.

Ihr nächtlicher Ausflug in den Hafen hatte einen guten Grund: In Piratenkreisen munkelte man, dass dort vor einigen Tagen die *Aquarius*, ein prächtiger Dreimaster, eingelaufen war und unbewacht an den Docks lag. Das traf sich gut, denn der Käpt'n hatte wenige Stunden zuvor beschlossen, das Landleben ein für alle Mal hinter sich zu lassen.

»Die *Aquarius*«, sagte er, als sie das beeindruckende Schiff erreichten, »fährt ab jetzt unter Piratenflagge. Besatzungsmitglieder: drei!«

»Bööörp«, schnatterte Störtie empört.

Jakob korrigierte sich. »Entschuldigung, vier.«

»Neues Schiff, neues Glück«, Smut rieb sich die Hände, »so sagt man ja.«

Eine lange Holzplanke, die sie im Hafen aufgetrieben hatten, diente ihnen als Einstiegsrampe. Störtie wurde ganz schwindelig, als Bonny mit ihm auf der Schulter über die Planke an Bord balancierte.

An Deck begutachteten Käpt'n Jakobson und sein

Schiffskoch zunächst eine Kiste mit allerlei explosiven Waffen.

»Schaut euch das an!«, rief Smut und freute sich schon auf die Schlachten, die sie damit gewinnen würden.

»Wir werden bestimmt die am meisten gefürchteten Seeräuber diesseits des Äquators!«, sagte der Käpt'n.

»Wollt ihr Sabbelköppe noch ewig Phrasen dreschen, oder kann's bald losgehen?«, fragte Bonny. Sie war inzwischen an einem der Masten nach oben geklettert und genoss die Aussicht. »Die Luft ist rein, der Wind steht gut! Worauf warten wir noch?«

»Ahoi, ahoi?«, fragte Smut und blickte zu seinem Käpt'n.

»Ahoi, ahoi!«, antwortete der junge Pirat und kletterte auf die Reling des Schiffes. »Leinen los!«

»Aye, aye!« Bonny sprang vom Mast zurück auf die Planken des Decks und begab sich hinter das Steuerrad. »Setzt die Segel!«

Seinen Säbel tatendurstig schwingend, wollte sich Käpt'n Jakobson direkt ans Werk machen, als er plötzlich das Gleichgewicht verlor und rücklings über Bord stürzte. Dabei riss er eine Plane mit sich, die über der Reling gehangen hatte. Zum Glück landete er keine zwei Meter tiefer in einem kleinen Rettungsboot.

»Käpt'n!«, hörte er seine Freunde rufen. Aber wie Bonny und Smut besorgt über die Reling schauten, sah er nicht mehr, denn die Plane, die er mitgerissen hatte, war auf ihn hinabgesegelt und nahm ihm die Sicht.

»Käpt'n!«, riefen Bonny und Smut wieder und wieder. Doch ihre Stimmen wurden immer dumpfer und leiser, bis sie schließlich ganz verstummten.

Der junge Pirat war in Ohnmacht gefallen.

KAPITEL 22

Den zweiten Tag in Folge wurde Tilda von der Haustürklingel aus ihren Träumen gerissen. Ein Blick aus dem Fenster verriet: Dieses Mal war es nicht Jakob, sondern seine Mutter, die vor der Tür stand.

»Wieder für mich«, sagte sie zu ihren schlaftrunkenen Eltern, denen sie auf dem Weg ins Erdgeschoss begegnete und die sie entgeistert anschauten.

Tilda öffnete die Tür.

»Hast du Jakob gesehen?«, kam seine Mutter sofort zur Sache.

»Oh … Hallo. Nein, seit gestern Morgen nicht mehr.«

Jakobs Mutter seufzte verzweifelt. »Ich kann ihn nicht finden. Nach eurem Streit ging es ihm gar nicht gut. Er muss in der Nacht weggelaufen sein.«

»Was? Aber wohin denn?«, fragte Tilda besorgt.

»Ich dachte, du wüsstest es vielleicht. Ich werde auf dem Hafenfest nach ihm suchen.« Und schon lief Jakobs Mutter los.

»Warten Sie, ich komme mit!« Tilda rannte ihr hinterher.

»Willst du dir nicht vorher etwas anderes anziehen?«, fragte Jakobs Mutter verwundert.

Tilda blickte an sich herunter. Sie trug tatsächlich noch ihren hellblauen Pyjama mit den kleinen bunten Fischen darauf. »Gute Idee!«

»Und unterwegs erzählst du mir, was gestern eigentlich zwischen euch vorgefallen ist, in Ordnung?«

* * *

Das Hafenfest war zwar erst vor einer Stunde eröffnet worden, doch auf dem Gelände tummelten sich bereits zahlreiche Besucher. Groß und Klein drängten sich von Karussell zu Karussell und von Imbissbude zu Imbissbude und bestaunten Kanonenkugeljongleure, Schifferklavierspieler und als Seemänner und Seefrauen verkleidete Feuerschlucker. Es gab auch viele Kinder in Piratenkostümen und mit Dreispitzen auf dem Kopf, was ihnen die Suche erschwerte.

»Und jetzt?«, fragte Tilda, nachdem sie eine Weile vergeblich auf dem Festgelände umhergeirrt waren.

»Ich weiß es nicht«, sagte Jakobs Mutter mutlos.

* * *

Währenddessen lag Jakob noch immer unter der Plane im Rettungsboot der *Aquarius* und kam langsam wieder zu sich. Wo war er, und was war passiert? Trotz dröhnender Kopfschmerzen kehrte seine Erinnerung zurück: Bonny, Smut und er hatten die *Aquarius* gekapert, und dann war er über Bord gestürzt.

Er lugte vorsichtig unter der Plane hervor und sah, dass die *Aquarius* inzwischen nicht mehr am Pier, sondern mitten im Hafenbecken vor Anker lag!

Mist, dachte Jakob. Wie sollte er denn jetzt unbemerkt zurück an Land gelangen?

Da hörte Jakob eine altbekannte Stimme.

»Irgendetwas stimmt hier nicht, das sage ich Ihnen.«

Jakob schaute nach oben. Hafenmeister Hinnerksen und die Kapitänin der *Aquarius* standen an der Reling – direkt über seinem Rettungsboot! Schnell verschwand Jakob wieder unter seiner Plane und lauschte.

»Die geöffnete Feuerwerkskiste, die verdrehten Überwachungskameras an Land – irgendjemand hat sich hier unerlaubt Zutritt verschafft«, sagte Hinnerksen.

»Es gibt bestimmt für alles eine harmlose Erklärung, Herr Hinnerksen«, entgegnete die Kapitänin. »Es ist ja nichts entwendet worden.«

»Trotzdem sollten Sie über eine Wache an Bord nachdenken. Man kann nie vorsichtig genug sein! Hab ich Ihnen schon mal erzählt, wie ich als Kind mit der Hand in die Schiffsschraube geraten bin?«

»Schon mehrfach, Herr Hinnerksen«, antwortete die Kapitänin mit einem Seufzen.

Als sich die Stimmen wieder entfernten, lugte Jakob vorsichtig unter seiner Plane hervor. Hinnerksen und die Kapitänin waren verschwunden.

Jakob wollte die Gunst der Stunde nutzen – doch wie? Ins Wasser springen und an Land schwimmen? Das Ufer war zu weit weg! Zurück an Deck klettern? Das war erstens zu riskant und zweitens nicht möglich, weil man an der Bordwand nicht ohne Weiteres hochklettern konnte. Er überlegte fieberhaft, welche Alternativen es gab. Dann entdeckte er, dass sein Rettungsboot per Seilzug zu Wasser gelassen werden konnte. Er konnte also einfach mit dem Rettungsboot zum Pier rudern!

Kurzerhand schob Jakob die Plane zur Seite, griff nach der Leine des Seilzugs und öffnete viel zu hektisch eine der Schnallen. Daraufhin machte sein Rettungsboot einen heftigen Satz nach unten und schrammte an der Bordwand der *Aquarius* entlang. Nun hing das kleine hölzerne Boot völlig schief in der Luft, und Jakob musste sich an einer Sitzbank festhalten, um nicht ins Wasser zu plumpsen.

Mit einer Hand zog er ein Taschenmesser aus seiner Hosentasche und begann, die Leine des Seilzugs zu zerschneiden. Es dauerte nur wenige Sekunden, bis die Leine durchtrennt war – und das Rettungsboot stürzte mit Karacho ins Wasser. Doch durch die Wucht des Aufpralls riss der Boden des Bootes ein, und Jakob trat mit einem Fuß durch das Loch hindurch und blieb darin stecken.

Während er verzweifelt versuchte, seinen Fuß zu befreien, spülte mehr und mehr Wasser in den kleinen Kahn, der sich gerade überhaupt nicht als Rettungsboot erwies – ganz im Gegenteil.

Wo sind Bonny und Smut, wenn man sie braucht?, dachte Jakob, der es langsam, aber sicher mit der Angst zu tun bekam. Obwohl er natürlich wusste, dass ihm seine Piratenfreunde in dieser Situation nicht helfen konnten.

Genau in dem Moment, als Jakob »SOS!« rief, setzte laute Musik ein. Eine zehnköpfige Blaskapelle mit Männern und Frauen in Matrosenuniformen hatte sich an Deck der *Aquarius* formiert und blies eifrig ein Seemannslied in Trompeten, Tuben und Posaunen.

Niemand hörte Jakobs Rufe.

* * *

Zur selben Zeit betraten Jakobs Mutter und Tilda den Steg der Segelschule.

»Sein Boot ist noch da. Wo kann er denn nur sein?«, fragte Jakobs Mutter, die inzwischen vollkommen verzweifelt war.

Tilda senkte den Kopf. Hätte sie die Schatzsuche nicht manipuliert, wäre das alles nicht passiert. »Es tut mir leid«, sagte sie leise.

»Nichts da«, sagte Jakobs Mutter. »Du kannst ganz bestimmt nichts dafür, dass Jakob sich von zwei unsichtbaren Piraten zu Dummheiten anstiften lässt. Ich gehe noch mal zum Hafenfest. Kommst du mit?«

»Ich bleibe noch einen Moment hier«, sagte Tilda niedergeschlagen. »Vielleicht taucht er ja doch bei seiner Jolle auf.«

»In Ordnung.« Jakobs Mutter nickte und machte sich auf den Weg zurück ins Getümmel.

Tilda wartete und wartete. »Wo steckst du nur, Jakob?«, fragte sie leise.

Plötzlich fiel ihr Blick auf die *Aquarius*, die mitten im Hafenbecken lag. Sie zog ein Fernglas aus ihrem Rucksack, das sie sich bei ihrem schnellen Aufbruch sicherheitshalber von der Kommode geschnappt hatte, und blickte hindurch.

Und dann entdeckte sie es – das kleine Rettungsboot mit Jakob darin!

»Jakob!«, rief sie aufgeregt.

Das Rettungsboot lag schief im Wasser und schien gerade zu sinken. Tilda konnte Jakobs Hilferufe zwar nicht

hören, sah aber, dass er verzweifelt versuchte, auf sich aufmerksam zu machen. Er winkte wie verrückt.

»Hilfe!«, brüllte nun auch Tilda aus Leibeskräften.

Weit und breit war aber niemand in Sicht. Dafür gab es ein Ruderboot, das am Steg der Segelschule angebunden lag.

»In geen gevall!«, sagte Tilda zunächst, was übersetzt hieß: »Auf gar keinen Fall!«

Doch trotz ihrer großen Angst löste sie die Leine, mit der das Boot festgemacht war, und stieg ein. Sie griff nach

den Rudern, setzte die Blätter ins Wasser und zog, so kräftig sie konnte.

Das Boot schaukelte heftig, und Tilda schrie laut auf, kam aber zu ihrer eigenen Überraschung tatsächlich vorwärts. Und sogar die Richtung stimmte.

Weiter so, dachte Tilda und drehte sich zu Jakob um, dessen immer tiefer sinkendes Boot in der Ferne zu sehen war.

Tapfer tauchte sie die Ruderblätter wieder ins Wasser ein und zog. Und zog. Und zog.

KAPITEL 23

Jakobs Rettungsboot war schon fast bis zur Hälfte mit Wasser gefüllt. Noch immer versuchte er vergeblich, seinen Fuß aus dem Loch im Boden zu ziehen.

»Hilfe!«, schrie er wieder, obwohl er inzwischen selbst nicht mehr daran glaubte, dass jemand ihn hörte. Die fröhlichen Lieder der Blaskapelle waren einfach zu laut.

Auf einmal waren Bonny, Smut und Störtie wieder da. Sie saßen mit Jakob im sinkenden Boot und schauten ihn traurig an.

»Endlich!«, rief Jakob. »Bitte helft mir!«

Bonny und Smut rührten sich nicht.

»Los, beeilt euch! Ich stecke fest!«

Aber noch immer regten sich Jakobs Piratenfreunde nicht das kleinste bisschen.

»Ihr könnt mir nicht helfen«, sagte er schließlich leise. »Ihr seid Kopfpiraten.«

»Es tut uns leid«, sagte Smut.

»Muss es nicht«, antwortete Jakob. »Ihr habt getan, was ihr konntet.«

Dann waren seine Piratenfreunde wieder verschwunden.

Jakob senkte den Blick. Das Boot war nun fast komplett vollgelaufen. Gerade, als er alle Hoffnung aufgeben wollte, schrie plötzlich jemand »Aaaaaachtuuuuung!«.

Jakob schaute auf und sah Tilda, die in ihrem Ruderboot ungebremst auf ihn zuraste.

Es gab einen gewaltigen Rums, als Tildas Boot gegen das von Jakob stieß.

»Tilda!«, rief Jakob erleichtert.

Ohne zu zögern, machte Tilda einen mutigen Satz in Jakobs mit Wasser gefülltes Rettungsboot. »Was ist passiert?«, fragte sie völlig außer Atem.

»Ich stecke fest!«

Doch auch gemeinsam gelang es ihnen nicht, Jakobs Fuß aus dem Loch im Boden zu befreien.

»Du musst aus deinem Schuh raus«, sagte Tilda.

Jakob nickte zustimmend. »Aber wie?«

Tilda überlegte fieberhaft. Leider fiel ihr nur eine gute Lösung des Problems ein – und die gefiel ihr überhaupt nicht! Trotzdem ließ sie sich nun ins Wasser gleiten. Sie hielt sich an der Wand des Bootes fest und streckte ihren Arm unter das Boot, um nach dem Schuh zu tasten. Aber sie erreichte ihn nicht.

»Es klappt nicht.«

»Es muss!«, sagte Jakob verzweifelt.

Tilda sah ihn entschlossen an, holte tief Luft und ließ die Bordwand des Rettungsbootes los. Dann tauchte sie ab.

Jakob spürte, dass Tilda wie verrückt an seinem Schuh zog und zerrte. Das Wasser stieg weiter, und sein Herz klopfte vor lauter Angst ganz schnell. Wenn Tilda es nicht bald schaffte, würde es zu spät sein.

Doch plötzlich war der Schuh ab, und nun gelang es ihm, seinen Fuß durch das Loch im Boden zu ziehen.

»Ich bin frei!«, rief Jakob erleichtert, bevor er ins Wasser sprang.

Tilda tauchte prustend und strampelnd neben ihm auf und legte ihren Arm atemlos um Jakobs Schultern, um nicht unterzugehen.

»Tilda die Tollkühne! Das war in letzter Sekunde«, japste Jakob.

Doch nun hatten er und Tilda ein neues Problem: Das Rettungsboot würde jeden Moment untergehen, und das Ruderboot, mit dem Tilda gekommen war, trieb in weiter Ferne davon. Und um sie beide an Land zu bringen, würde Jakobs Kraft ganz sicher nicht ausreichen.

»Was machen wir denn jetzt?«, fragte Tilda verzweifelt.

Da entdeckte Jakob eine Strickleiter, die von der *Aquarius* ins Wasser hinabreichte.

»Ich weiß nicht, ob es eine gute Idee ist«, sagte Jakob und deutete auf die Leiter, »aber es ist die einzige, die ich hab.«

Jakob begann, zurück in Richtung der *Aquarius* zu schwimmen. Mit seinen durchnässten Klamotten und Tilda im Schlepptau war das gar nicht so einfach. Doch dann konnte er endlich nach dem Ende der Strickleiter greifen.

»Geschafft!«, rief er atemlos.

Vollkommen erschöpft und klitschnass kletterten die

beiden die Strickleiter hinauf. Zum Glück war Hinnerksen von der Blaskapelle abgelenkt, sonst hätten sie wohl kaum unentdeckt an Bord kommen können. Begeistert klatschte der Hafenmeister *My Bonnie Lies Over The Ocean* mit.

»Mein Lieblingslied!«, sagte Bonny erfreut.

Die Piratin war nämlich wiederaufgetaucht. Sie schlich gemeinsam mit Jakob und Tilda über das Deck und ging schließlich mit ihnen hinter der Kiste mit den Feuerwerkskörpern in Deckung.

»Wenn Hinnerksen mich entdeckt, dann bin ich geliefert!«, flüsterte Jakob Tilda zu. »Ich hab doch sowieso schon Hafenverbot.«

Als hätte der Hafenmeister das gehört, blickte er in just diesem Moment über die Reling der *Aquarius* und sah gerade noch, wie Jakobs Rettungsboot vollständig vom Meer verschluckt wurde.

»Boot über Bord!«, brüllte Hinnerksen. Und dann bemerkte er die Wasserspuren, die Jakob und Tilda beim An-Bord-Klettern hinterlassen hatten, und murmelte: »Da brat mir doch einer 'ne Forelle!«

Jakob schaute Tilda panisch an.

»Ich lenke ihn ab, und du suchst dir ein gutes Versteck!«, schlug Tilda vor. Und noch ehe Jakob etwas erwidern konnte, lief sie auch schon auf Hinnerksen zu.

»Ich war's!«, sagte sie laut. »Ich habe das Rettungsboot versenkt!«

Hinnerk Hinnerksen drehte sich überrascht zu Tilda um. »Du?«, fragte er. »Bist du nicht das Anhängsel vom Olschewski?«

»Ich bin Tilda die Tollkühne, und Olschewski ist *mein* Anhängsel, alles klar? Ich kann auch ohne Hilfe Mist bauen. Darin sind Mädchen nämlich genauso gut wie Jungs!« Dann streckte sie ihm die Hände entgegen und sagte: »Los, nehmen Sie mich fest.«

»Das hast du doch niemals alleine ausgeheckt«, sagte Hinnerksen. »Wo steckt dein Piratenfreund?«

»Ein Pirat?«, fragte Tilda grinsend. »Den gibt es nur in deinem Kopf!«

»Na, dann komm erst mal mit«, sagte Hinnerksen mürrisch und zog Tilda hinter sich her. »Das wird ein Nachspiel haben.«

Jakob saß noch immer hinter der Feuerwerksanlage und schaute den beiden mit großen Augen nach.

»Erst rettet sie dir das Leben, und jetzt nimmt sie auch noch die Schuld für deine Dummheiten auf sich. Wenn das mal keine echte Freundin ist«, sagte Bonny und lächelte Jakob an.

»Irgendjemand muss eben den Sündenbock spielen«, mischte sich Smut ein, der inzwischen auch wieder da war.

»Aber Jakob wäre ohne sie bestimmt ertrunken«, sagte Bonny mit Nachdruck.

»Du übertreibst! Ja, gut, sie hat ihn gerettet. Aber hat sie jemand darum gebeten?«

»Ruhe jetzt!«, rief Bonny. »Dieses eine Mal wirst du wohl über deinen Schatten springen!«

»Über welchen Schatten?«, fragte Smut kleinlaut.

Jakob blickte zwischen seinen Piratenfreunden hin und her. »Ich weiß, was ich tun muss«, sagte er dann und rückte seinen Dreispitz zurecht, aus dem noch immer das

Wasser in kleinen Rinnsalen tropfte. Er trat hervor und rief aus vollen Lungen: »Beim Klabautermann, so wird diese Geschichte nicht enden!«

Hinnerksen, der Tilda gerade unter Deck bringen wollte, um dort ein Hühnchen mit ihr zu rupfen, drehte sich abrupt um. »Hab ich's doch gewusst! Das wird dich teuer zu stehen kommen, Olschewski.«

»Lass Tilda in Ruhe! Sonst ...« Jakob bewegte seinen Zeigefinger in Richtung des großen roten Auslöseknopfes an der Feuerwerksanlage.

»Nicht!«, rief Hinnerksen erschrocken. »Es ist doch noch gar nicht dunkel.«

»Dann lass Tilda frei«, forderte Jakob ihn erneut auf. »Sie ist unschuldig.«

»Pah! Als ob ich mich von einem Möchtegernpiraten wie dir erpressen ...«

Weiter kam Hinnerksen nicht, denn da drückte Jakob auch schon den Feuerwerksauslöser. Die erste Rakete zischte in den blauen Mittagshimmel und explodierte.

Die Blaskapelle verstummte schlagartig, und man hörte aus allen Richtungen erstaunte »Oh«- und »Ah«-Rufe.

Hinnerksen war so entsetzt, dass er beide Hände über dem Kopf zusammenschlug – wofür er Tildas Arm loslassen musste. Und diese nutzte die Gelegenheit, um zu entkommen. Sie stürmte auf Jakob zu.

»Schnell weg!«, rief er. Und gemeinsam rannten sie weiter.

Einige Matrosinnen und Matrosen und die Mitglieder der Blaskapelle drehten verwundert die Köpfe zu den pitschnassen Kindern um, die vor dem Hafenmeister davonliefen. Doch alle waren viel zu verwundert über das Geschehen und viel zu abgelenkt vom bunten Feuerwerk, um einzugreifen. Da konnte auch Hinnerksens »Aufhalten! Aufhalten!« nichts bewirken.

Völlig außer Atem erreichten Jakob und Tilda schließlich den Bug der *Aquarius*. Doch hier ging es nicht mehr weiter.

»Eine Sackgasse!«, rief Tilda.

Sie konnten nicht zurück, sonst wären sie dem Hafenmeister direkt in die Arme gelaufen. Man konnte ihn schon herannahen sehen. Am Himmel explodierten gerade rote und gelbe Raketen.

»Mir nach«, befahl Jakob und kletterte auf den schmalen Bugspriet – einen Mast, der über die Spitze des Schiffes hinaus übers Wasser ragte.

»Hast du einen Plan?«, fragte Tilda. Sie traute sich gar nicht, nach unten zu schauen.

»Ich hab das noch nicht zu Ende gedacht«, gab Jakob zu, während sie Schritt für Schritt über den Bugspriet balancierten.

Auch Hinnerksen war inzwischen im Bug der *Aquarius* angekommen und folgte Jakob und Tilda auf den Bugspriet hinaus.

»Los, Kinder, gebt euch geschlagen!«, rief er. »Das ist gefährlich, was ihr da macht.«

Jakob dachte gar nicht daran, sich geschlagen zu geben. Tilda hatte ihn gerettet – jetzt war es an ihm, sie aus der Klemme zu befreien. Nur wie?

Als sie das Ende des Bugspriets erreicht hatten, packte er Tilda plötzlich an der Schulter und sagte: »Ich sehe was, was du nicht siehst …«

»Häh?«, fragte Tilda.

Doch da hatte Jakob sie bereits an die Hand genommen und sprang mit ihr in die Tiefe.

Eine gefühlte Ewigkeit fielen sie, bevor sie mit einem lauten Rums in Tildas Ruderboot landeten, das in der Zwischenzeit um die *Aquarius* herum getrieben war und sich nun direkt unter dem Bugspriet befand.

Jakob und Tilda konnten ihr Glück kaum fassen.

»Nein, nein, nein, nein, nein!«, tobte Hinnerksen über ihnen mit krebsrotem Kopf, während diesmal eine grüne Rakete in den Himmel schoss und Tilda nach den Rudern griff, um das Boot zurück in Richtung Land zu steuern.

Am Himmel explodierten noch immer Feuerwerks-

körper. Er würde später großen Ärger kriegen, da war sich Jakob sicher. Doch für den Moment waren sie in Sicherheit.

Zum ersten Mal seit seinem Sturz kam Jakob ein wenig zur Ruhe. Nachdenklich beobachtete er das unermüdlich in Richtung Segelschule rudernde Nachbarsmädchen, das da mit ihm in einem Boot saß. Eine Geschäftspartnerin hätte ihn wohl nicht gerettet.

»Das mit der Schatzsuche tut mir wirklich leid, Jakob«, sagte Tilda.

»Ein guter Pirat kann verzeihen«, antwortete Jakob. »Außerdem hast du mir ja das Leben gerettet. Ich glaube, wir sind quitt.«

»Und Smut und Bonny? Können die auch verzeihen?«, fragte Tilda.

Plötzlich tauchten Bonny, Smut und Störtie wieder auf, die während der wilden Flucht verschwunden gewesen waren.

»Klar«, sagte Bonny, ohne mit der Wimper zu zucken.

»Bööörp«, sagte Störtie und setzte sich auf Tildas Schulter, die von der Liebesbekundung leider nichts mitbekam.

Der Schiffskoch hingegen verschränkte trotzig die Arme.

»Nur Smut ist etwas nachtragend«, sagte Jakob. »Kann man nicht ändern.«

Tilda seufzte.

»Obwohl …«, überlegte Jakob und grinste. »Klar kann ich das ändern.«

Plötzlich war Smut blendender Laune und trug ein quietschbuntes T-Shirt, auf dem groß *Team Tilda* zu lesen war.

»Eine zuckersüße Landratte bist du«, sagte Smut. »Willkommen an Bord!«

»Smut sagt: Willkommen an Bord!«, wiederholte Jakob.

Da strahlte Tilda bis über beide Ohren.

* * *

Nachdem sie die Segelschule erreicht hatten, machten Jakob und Tilda das Ruderboot fest, setzten sich auf den Steg und ließen die Beine baumeln.

Bonny, Smut und Störtie hatten sich zurückgezogen.

»Vielleicht möchtest du ja auch segeln lernen«, schlug Jakob vor. »Rudern kannst du immerhin schon ganz gut.«

»Erst mal lerne ich schwimmen, glaub ich«, sagte Tilda.

Sie freute sich aber trotzdem über den Vorschlag, das sah man ihr an.

Dann saßen die beiden eine Weile einfach nur schweigend und zufrieden da.

Doch kurz darauf war es mit der Ruhe vorbei.

Als Erstes lief Jakobs Mutter über den Steg auf sie zu. »Da seid ihr ja!«, rief sie erleichtert.

Jakob und Tilda standen auf und fielen ihr in die Arme.

»Ist alles gut, Spatz?«, fragte Jakobs Mutter. »Ihr seid ja pitschnass!«

»Pitschnass und unerzogen!«, rief Hafenmeister Hinnerksen, der als Zweiter über den Steg polterte. Er hatte

sich inzwischen von einem Motorboot an Land bringen lassen. »Dieses Mal ist Jakob wirklich zu weit gegangen. Es bleibt mir daher nichts anderes übrig, als offiziell Anzeige bei der Polizei zu erstatten. Das Gesetz wird schon wissen, wie dem Jungen zu helfen ist. Ich hab's ja von Anfang an gesagt: Irgendwann landen alle Piraten am Galgen. Auch die guten.«

»Aber …«, begann Jakob.

»Keine Diskussion«, unterbrach ihn Hinnerksen. »Ich war lange genug nachsichtig. Aber das hat man davon, wenn man Übeltätern wie dir zu viel durchgehen lässt! Wie oft soll ich mir denn noch auf der Nase herumtanzen lassen?«

»Hinni!«, rief plötzlich Kutterkapitän Graubart, der nun als Dritter auf den Steg gelaufen kam.

»Vaddern?« Hinnerksen wurde schlagartig einen Kopf kleiner und verstummte.

»Hör auf zu meutern!«, schimpfte Graubart. »Der Junge wollte nur einen Schatz finden. Und dabei war er offensichtlich recht erfolgreich.« Er zwinkerte Tilda zu, bevor er sich an Jakob wandte. »Weißt du, auf hoher See kann es manchmal ganz schön einsam sein. Da sind treue Kameraden, die einem Gesellschaft leisten, echtes Gold wert.«

»Das hab ich jetzt verstanden«, sagte Jakob. Er warf

Tilda einen kurzen Blick zu und gab Graubart die Hand. »Danke.«

»Los, komm, Hinni«, sagte Graubart. »Ich koch uns 'ne Fischsuppe, und du regst dich mal ein bisschen ab.«

Mürrisch trottete Hinnerksen seinem Vater nach.

Jakobs Mutter drehte sich zu den Kindern um. »Ich glaube, ihr habt mir eine Menge zu erzählen, oder? Sollen wir zusammen ein Eis essen gehen?«

»Oh ja!«, riefen Jakob und Tilda im Chor.

Auf dem Weg zum Hafenfest kam ihnen Oskar aus der Segelschule entgegen.

»Hey!«, rief Jakob ihm zu. »Wir gehen ein Eis essen. Kommst du mit?«

»Meinst du mich?«, fragte Oskar verwundert.

»Wen denn sonst?«, antwortete Jakob und grinste.

DAS LETZTE KAPITEL

Obwohl es Käpt'n Jakobson, Bonny und Smut schon mit fiesen dreiäugigen Seeräubern und unglaublichen monstermäßigen Riesenwellen aufgenommen hatten, war ihr größtes und aufregendstes Abenteuer wohl das letzte gewesen, das sie zusammen mit Co-Käpt'n Tilda der Tollkühnen erlebt hatten.

Doch jetzt, wo das Abenteuer vorüber war, wollten die Steuerfrau und der Schiffskoch für eine Weile allein in See stechen.

»Du weißt, wo du uns findest«, sagte Bonny zum Abschied, als sie alle vom Strand aus auf die Ostsee blickten. Einige Hundert Meter von ihnen entfernt lag die *Bartholomäus* vor Anker.

»Bis zum nächsten Abenteuer, Käpt'n!«, sagte Smut und wischte sich eine Träne aus dem Augenwinkel.

Käpt'n Jakobson, der ebenfalls feuchte Augen

hatte, weil er seiner Mutter kurz zuvor beim Zwiebelnschneiden geholfen hatte, drückte seine Kopfpiraten, so fest er konnte.

Dann stiegen Bonny und Smut in das kleine Beiboot, mit dem sie gekommen waren, und ruderten zurück in Richtung ihres Schiffes.

Käpt'n Jakobson würde seinen beiden Kopfpiraten auf ewig dankbar sein. Sie hatten ihm in der schwersten Zeit seines Lebens zur Seite gestanden. So wie gute Freunde eben für einen da sind, wenn man sie braucht.

Wenn man ein Abenteuer bestehen muss.

Oder wenn ein Sturm aufzieht.

Wenn man es alleine nicht schafft.

Einen Moment lang beobachteten Käpt'n Jakobson und Co-Käpt'n Tilda die Tollkühne noch, wie Bonny und Smut der untergehenden Sonne entgegenruderten. Schließlich blies der Käpt'n ein paar Schwimmflügel auf und schob sie seinem Co-Käpt'n auf die Oberarme.

Käpt'n Jakobson ging ein paar Schritte voraus und ließ seine Füße vom Meer umspülen. Dann drehte er sich zu Co-Käpt'n Tilda um und streckte ihr seine Hand entgegen.

Gute Freunde sind immer für einen da, wenn man sie braucht, dachte Käpt'n Jakobson. Aber die besten Freunde sind die, für die man auch selber da sein kann …

… las Jakob vor und klappte die zusammengehefteten Manuskriptseiten in seinen Händen wieder zu. Er hatte den ganzen Rest der Sommerferien an seiner Geschichte geschrieben, und sie trug den Titel *Ahoi, ahoi! Jakob, Tilda und die Kopfpiraten.*

Tatsächlich hatte er Bonny und Smut nun schon seit einigen Wochen nicht gesehen. Doch sehr traurig war er deswegen nicht. Er hatte ja jetzt Tilda die Tollkühne an seiner Seite. Und mit seiner Mutter hatte er sich auch lange nicht mehr so gut verstanden wie in der letzten Zeit.

Vor ein paar Tagen waren sie zum ersten Mal seit der Beerdigung seines Vaters zusammen auf dem Friedhof gewesen. Dazu hatte sich Jakob zwar überwinden müssen, aber nach dem Besuch ging es ihm viel besser. Am Grab hatte er seinem Vater stolz erzählt, dass er nun an einem eigenen *Ahoi, ahoi!*-Buch schrieb. Und es sollte nicht seine letzte Geschichte sein.

In eine seiner Geschichten würde Jakob den Rätselspruch seines Vaters einfügen, das nahm er sich ganz fest vor. Warum sein Vater das Rätsel aufgeschrieben hatte und ob es wirklich für einen neuen *Ahoi, ahoi!*-Band gedacht gewesen war, würde wohl für immer ein Geheimnis bleiben. Inzwischen hing der Rätselspruch jedenfalls in einem Bilderrahmen im Baumhaus.

Jakob war froh, mit dem Geschichten schreiben etwas

gefunden zu haben, das ihn und seinen Vater verband. Auch wenn sein Vater nicht mehr da war.

Jetzt saßen seine Mutter und Tilda ihm im Baumhaus gegenüber und applaudierten begeistert.

»Moment mal!«, rief Tilda plötzlich. »Und was ist mit Störtie?«

Jakob grinste, während der grün gefiederte Amazonenpapagei durchs Baumhausfenster geflogen kam, auf seiner Schulter Platz nahm und sprach:

»ENDE!«

DANK

Ein Piratenkapitän ist nichts ohne die furchtlose Crew, die er stets an seiner Seite weiß: Benjamin Schacht, Till Endemann, Dirk Decker, Andrea Schütte, Katharina Kremer und Neele Bösche haben sich auf das Abenteuer eingelassen. Dafür sage ich Danke!

Ebenso gilt mein Dank meiner Familie, denn wenn ein Piratenkapitän von seinen Abenteuern zurück an Land kommt, weiß er, wer dort auf ihn wartet: Mama, Papa, Oma, Anke.

Weil *Jakob, Tilda und die Kopfpiraten* aber eine Geschichte über echte Freundschaft ist, will ich mich bei zwei Freundinnen und einem Freund ganz besonders bedanken, die zum Glück nicht unsichtbar sind. Sie haben zu verschiedenen Zeitpunkten und auf ganz unterschiedliche Art und Weise geholfen, diese Geschichte mitzugestalten – und zwar ohne dafür eine Gegenleistung zu erwarten. Die *Goldene Tilda* teilen sich: Christine Pallmann, Anke Siebert und Robert Köhler.

ANDREAS CORDES, geboren 1981 in Hamburg und aufgewachsen in Berlin, hatte nie imaginäre Freunde. Aber er hat fabelhafte echte Freunde, die aufpassen, dass er sich regelmäßig in seiner Fantasie verliert. Dabei entstehen dann originelle Drehbücher für Film und Fernsehen, viele davon für Kinder. Nun hat er mit *Jakob, Tilda und die Kopfpiraten* sein Romandebüt vorgelegt. Wenn er mal groß ist, will er Pirat werden.

JAN BIRCK ist freier Illustrator und Autor. Er illustriert schon seit über zwanzig Jahren Kinder- und Jugendbücher, einige davon schrieb er gleich selbst. Ausgezeichnet wurde er u. a. mit dem Troisdorfer Bilderbuchpreis, aber besonders bekannt gemacht hat ihn das Logo der *Wilden Fußballkerle*, die er natürlich ebenfalls zeichnete. Jan Birck lebt mit seiner Familie in München.